잃어버린 젊음의 카페에서

Dans le café de la jeunesse perdue
by Patrick Modiano

이 도서의 국립중앙도서관 출판예정도서목록(CIP)은
서지정보유통지원시스템 홈페이지(http://seoji.nl.go.kr)와
국가자료공동목록시스템(http://www.nl.go.kr/kolisnet)에서 이용하실 수 있습니다.
(CIP제어번호: CIP2014033284)

잃어버린 젊음의 카페에서

DANS LE CAFÉ DE LA JEUNESSE PERDUE

PATRICK
MODIANO
파트릭
모디아노
장편소설

김윤진 옮김

문학동네

진정한 삶의 길 중간에서, 잃어버린 젊음의 카페에서,
우리는 그토록 많은 빈정거리는 말과 슬픈 말로 표현된
암울한 우울에 감싸였다.
_기 드보르

차례

두 개의 카페 입구 중에서 그녀는 항상 어둠의 문이라 불리는 좁은 문을 사용했다. 그리고 항상 좁은 실내 안쪽에 있는 같은 테이블을 택했다. 처음에 그녀는 어느 누구와도 말을 하지 않았지만, 나중에는 대부분 우리 또래, 그러니까 열아홉 살에서 스물다섯 살 사이인 카페 '르 콩데'의 단골들과 알고 지내게 되었다. 가끔 그들의 테이블에 앉기도 했지만, 대개 그녀는 가장 안쪽의 자기 자리를 고수했다.

그녀가 항상 일정한 시간에 오는 것은 아니었다. 아주 이른 아침 시간에 그곳에 앉아 있는 모습이 보이기도 하고, 혹은 자정쯤에 나타나 문을 닫을 때까지 남아 있기도 했다. 그곳은 '르 부케', '라 페르골라'와 함께 그 구역에서 가장 늦게 문을 닫는 카페였고, 손님들은 야릇하기 짝이 없는 자들이었다. 시간이 흐르면서, 나는 그 장소와 그 사람들에게 야릇함을 부여하게 된 것은, 마치 그녀가 그들 모두를 자신의 향기로 적신 것처럼, 오로지 그녀의 존재 때문이 아니었을까 하고 생각하게 되었다.

누가 눈을 가리고 당신을 그 카페로 데려가 어느 테이블에 앉힌 뒤, 안대를 벗기고 몇 분 동안 내버려두었다가 다음과 같은 질문을 던진다고 가정해보자. 당신이 있는 곳은 파리의 어느 구역인가? 당신은 주변 사람들을 살펴보고 그들이 하는 말을 듣는 것만으로도 충분히 알아차릴 수 있을 것이다. 내가 비 오는 날처럼 항상 우중충하다고 생각하는 오데옹 사거리 부근이라고 말이다.

어느 날 '르 콩데'에 사진가 한 명이 들어왔다. 그의 거동은 여느 손님들과 다를 바가 전혀 없었다. 같은 연배에 똑같이 허술한 옷차림이었다. 몸에 비해 지나치게 긴 상의를 걸치고 리넨 바지에 투박한 군화를 신고 있었다. 그는 '르 콩데'에 자주 드나드는 사람들의 사진을 많이 찍었다. 그 역시 '르 콩데'의 단골이 되었고, 그래서 다른 사람들이 보기에는 마치 그가 가족사진을 찍는 것 같았다. 나중에 그 사진들은 손님들의 이름이나 별명을 간단한 설명글로 붙여 파리에 헌정한 앨범에 실렸다. 그리고 그녀는 그 사진들 중 여럿에 모습을 보인다. 그녀는 마치 영화에서 그러듯 다른 사람들보다 빛을 잘 받았다. 모든 사람들 중 제일 먼저 눈에 띄는 사람이 그녀다. 페이지 아래쪽 설명글을 보면 그녀는 '루키'라는 이름으로 언급되어 있다. "왼쪽에서 오른쪽으로 자카리아스, 루키, 타르장, 장미셸, 프레드 그리고 알리 셰리프……" "맨 앞쪽, 바에 앉은 루키. 그녀의 뒤쪽으로 안네, 돈 카를로스, 미레유, 아다모프 그리고 발라 박사." 그녀는 매우 곧게 앉아 있고, 반면 다른 사람들은 흐트러진 자세를 취하고 있다. 예를 들면 프레드라는 사람은 인조가죽 소파에 머리를 기대고 잠들어 있는데, 며칠 동안 면도를 하지 않았음이 역력하다. 루키라는 이름은 그녀가 '르 콩데'에 자주 드나들기 시작하면서 붙여졌다. 이 점은 밝혀두어야겠다. 어느 날 밤 자정쯤 내가 그곳에 있을 때 그녀가 들어왔는데, 그곳에는 타르장, 프레드, 자카리아스 그리고 미레유가 같은 테이블에 남아 있을 뿐 다른 손님은 없었다. 그때 타르장이 소리쳤다. "야, 루키다……" 그녀는 처음에는 겁먹은 듯했으나, 이내 미소를 띠었다. 자카리아스가 일어나 짐짓 장중한 어조로 말했다. "오늘밤, 내가 너에게 세례를 주노라. 이제부터 너의 이름은 루키로다." 시간이 흐름에 따라 모두들 그녀를 루키라고 불렀는데, 나는 그녀가 새로운 이름에 안도감을 느꼈다고 생각한다. 그렇다, 안도감이다. 사실 생각하면 할수록, 첫 느낌이 더욱더 되살아난다. 그녀가 마치 무엇을 피하려는 듯,

어떤 위험에서 벗어나려는 듯, 그곳 '르 콩데'로 피신해왔다는 느낌 말이다. 가장 깊숙한 곳, 사람들이 눈치챌 수 없는 곳에 홀로 있는 그녀를 보고 그런 생각이 들었다. 다른 사람들과 어울릴 때도 그녀는 마찬가지로 이목을 끌지 않았다. 말없이 얌전하게 다른 사람들의 말을 듣는 것에 만족했다. 그래서 나는 심지어 그녀가 좀더 안전하게 있으려고 소란한 그룹, 즉 '수다꾼들'을 선호한 것이며, 그게 아니라면 거의 언제나 자카리아스, 장미셸, 프레드, 타르장, 라 우파 등의 테이블에 앉지는 않았을 거라는 생각까지 했다. 그들과 함께 있을 때, 그녀는 배경 속에 녹아들어 그저 익명의 단역, 사진 설명글에 '신원불명' 혹은 단순히 'X'라고 표기하는 그런 사람에 지나지 않았다. 그렇다, 초기에 '르 콩데'에서 그녀가 누구와 머리를 맞대고 있는 모습을 나는 한 번도 본 적이 없었다. 그리고 '수다꾼들'이 아무에게나 말하듯이 그녀를 루키라고 부르는 것도 그것이 그녀의 본명이 아니었기 때문에 전혀 불편하지 않았다.

그렇지만 그녀를 잘 관찰해보면, 다른 사람들과 구별되는 몇몇 소소한 점들이 눈에 띄었다. 그녀는 '르 콩데'의 손님들 중에서는 이례적으로 옷차림에 공을 들였다. 어느 날 저녁, 타르장, 알리 셰리프, 라 우파가 앉은 테이블에서 그녀가 담배에 불을 붙였고, 나는 그녀의 가냘픈 손에 충격을 받았다. 무엇보다도 그녀의 손톱이 반짝이고 있었다. 손톱에 무색 매니큐어를 발랐던 것이다. 이런 이야기가 자칫 쓸데없어 보일지도 모르겠다. 그렇다면 좀더 진지해져보자. 그러기 위해서는 '르 콩데'의 단골들에 대해 몇 가지 밝혀둘 것이 있다. 바빌레, 아다모프, 혹은 발라 박사처럼 오십 줄에 접어드는 사람들을 제외하면, 그들은 다들 열아홉 살에서 스물다섯 살 사이였지만 나이를 잊은 사람들이었다. 바빌레, 아다모프 그리고 발라 박사는 그들의 젊음, 즉 운율이 아름답지만 이제는 사용되지 않는 '보헤미안'이라는 멋진 이름으로 부를 수 있는 것에 충실했다. 나는 사전에서 '보헤미안'을 찾아본다. '규칙도, 장래에 대한 걱정도 없이 방랑 생활을 하는 자.' 이 정의는 '르 콩데'를 자주 드나드는 남녀들에게 잘 들어맞았다. 타르장, 장미셸 그리고 프레드 같은 몇몇 이들은 청소년 시절부터 경찰서에 수없이 드나들었다고 주장하고, 라 우파는 열여섯 살 때에 봉파스퇴르 감화원에서 도망쳐 나왔다고 주장했다. 그러나 우리가 있는 곳은 센 강 좌안*이었고, 그들 대부분은 문학과 예술의 그늘에서 살고 있었다. 그리고 나로 말하자면 학업중이었다. 그렇지만 그런 사실을 감히 그들에게 말하지 못했으며, 진정으로 그들의 그룹에 섞여들지 못했다.

---

* 센 강을 좌안과 우안으로 나눌 때, 좌안은 주로 부유층이 거주하는 지역이다.

나는 그녀가 다른 사람들과 다르다는 것을 느꼈다. 그들이 이름을 붙여주기 전 그녀는 어디에서 왔을까? 종종 '르 콩데'의 단골들은 손에 책을 들고 와 아무렇게나 테이블 위에 툭 던져놓았고, 책의 표지는 포도주로 얼룩이 졌다. 『말도로르의 노래』*. 『일뤼미나시옹』**. 『신비의 바리케이드』. 그러나 처음에 그녀는 항상 빈손이었다. 그러다 그녀도 다른 사람들처럼 하고 싶었던지, 어느 날 나는 '르 콩데'에서 그녀가 홀로 책을 읽는 모습을 목격하게 되었다. 이후 그녀에게선 책이 떠나지 않았다. 아다모프와 그 외 다른 사람들과 함께 있을 때면 그 책이 그들 곁에서 자신의 존재를 합법화해주는 여권이나 체류증이라도 되는 듯, 테이블 위에 보란듯이 놓아두곤 했다. 하지만 아무도, 아다모프나 바빌레, 타르장이나 라 우파도 그것에 주의를 기울이지 않았다. 그 책은 포켓판으로 표지가 더러웠고, 강변로에서 중고로 파는 부류의 책으로, 커다란 붉은색 활자로 '잃어버린 지평들'이라는 제목이 인쇄되어 있었다. 당시 나는 그것을 보고도 아무 생각이 없었다. 그녀에게 그 책의 주제를 물어봐야 했는데, 멍청하게도 『잃어버린 지평들』이 그녀에게는 하나의 액세서리일 뿐이며, '르

* 프랑스 시인 로트레아몽이 1868년 발표한 여섯 편으로 이루어진 장편 산문시집.
** 프랑스 상징파 시인 아르튀르 랭보가 1886년에 발표한 시집.

콩데'의 단골 부류에 끼기 위해 읽는 척하는 거라고 생각했다. 그들 단골들은, 만일 지나가는 행인이 밖에서 얼핏 훑어보았다면—더 나아가 잠시 유리창에 이마를 대고 보았다 해도—단순히 학생 손님들이라고 여겼을 것이다. 그러나 타르장, 미레유, 프레드, 라 우파의 테이블에서 마셔대는 술의 양을 보면 이내 생각을 바꾸었을 것이다. 라탱 구역의 평화로운 카페들에서는 결코 그렇게 마시지 않을 테니까. 물론 오후의 한산한 시간에는 '르 콩데'도 그렇게 보일 수 있었다. 하지만 해가 지면 그곳은 어느 감상적인 철학자가 '잃어버린 젊음'이라고 부르는 만남의 장소가 되어갔다. 다른 곳도 아니고 왜 하필 그 카페였을까? 그건 무슨 일이 생겨도 결코 놀라지 않을 것 같고, 또 자신의 손님들에 대해 어느 정도 관대함까지 보여주는 여주인 샤들리 부인 때문이었다. 여러 해가 흐른 후, 그 동네의 거리에 고급 상점들만 남고 '르 콩데' 자리에 가죽제품 상점이 들어왔을 때, 센 강 건너편 블랑슈 가 언덕길에서 샤들리 부인을 만난 적이 있다. 처음에 그녀는 나를 전혀 알아보지 못했다. 우리는 '르 콩데'에 관해 이야기하며 한참을 나란히 걸었다. 알제리 사람인 그녀의 남편이 전쟁 후에 그 땅을 샀다고 했다. 그녀는 우리 모두의 이름을 기억했다. 종종 우리가 어떻게 되었을까 궁금하기도 했지만, 별로 환상을 품지는 않았단다. 그녀는 처음부터 우리가 별로 잘 풀리지 않으리란 걸 알고 있었다. 집 잃은 개들, 그녀는 나에게 그렇게 말했다. 블랑슈 광장의 약국 앞에 이르러 헤어지기 전, 그녀는 내 눈을 똑바로 바라보며 털어놓았다.

"저기 말이야, 내가 가장 좋아한 사람은 루키였어."

그녀가 타르장, 프레드, 라 우파의 테이블에 함께 있을 때, 그녀는 그들만큼 마셔댔던가 아니면 그들이 불쾌해하지 않도록 마시는 시늉만 했던가? 어쨌든 상체를 꼿꼿이 세우고, 느릿느릿 우아한 몸짓에 보일 듯 말 듯 희미한 미소를 띤 채 그녀는 몹시도 마셔댔다. 바에서는 속이기가 쉽다. 술 취한 친구들이 잠시 한눈을 파는 순간, 술잔을 개수대에 비워버리면 되니까. 하지만 '르 콩데'에 있는 테이블에서는 속이기가 힘들었다. 그들이 자신들을 따라 마시라고 강요하니 말이다. 그 점에 있어 그들은 극도로 민감함을 보였고, 소위 그들이 '여행'이라 부르는 것에 끝까지 동행하지 않으면, 그들 패거리에 낄 자격이 없다고 간주했다. 다른 마약류로 말하자면, 난 아무런 확신도 없으면서 그 그룹의 다른 일원들과 함께 루키도 마약을 하는 것으로 생각했다. 그렇지만 그녀의 눈빛이나 태도 그 어느 것도 그녀가 인공낙원*을 찾아

* 보들레르의 시에 나오는 표현으로 술이나 마약이 가져다주는 도취 상태를 뜻한다.

다닌다는 추측을 할 여지를 주지는 않았다.

종종 나는 그녀가 '르 콩데'에 처음 오기 전, 그녀가 알고 지내던 사람들 중 하나가 그녀에게 '르 콩데' 얘기를 한 것은 아닐까 하는 의문을 품었다. 아니면 누군가 그 카페에서 그녀와 만나기로 약속하고 나타나지 않았거나. 그렇다면 그녀는 낮이면 낮마다, 밤이면 밤마다, 그 미지의 남자가 자신과의 유일한 지표인 그곳으로 자기를 찾아와주기 바라며 자신의 테이블에 붙박여 있었으리라. 그를 만날 다른 어떤 방법도 없다. 주소도, 전화번호도. 그저 이름만 알 뿐. 하지만 어쩌면 그녀도 나처럼 우연히 그곳에 좌초했는지도 모른다. 그녀는 그 동네에 있다가 비를 피하려 했을 것이다. 나는 항상 어떤 장소들에는 자력이 있어서 그 부근을 우연히 지나가게 되면 사람을 그곳으로 끌어당긴다고 믿었다. 그것도 의구심을 품지 않도록 은밀하게. 비탈길, 햇볕이 내리쬐는 보도 혹은 그늘진 보도여도 충분하다. 아니면 소나기가 내리는 보도든지. 그러면 그 자력은 당신이 좌초하기로 되어 있는 지점으로 정확히 당신을 데리고 간다. 내가 보기에 '르 콩데'도 위치로 보아 그 자력을 지녔고, 만일 확률을 계산해보면 결과가 그 사실을 확인시켜줄 것 같다. 꽤나 넓은 일정 반경 내에 들어서면 그곳을 향해 표류하는 일을 피할 수 없다는 것을. 그것에 대해서는 나도 좀 안다.

그 그룹의 일원으로, 우리가 '선장'이라 부르던 보잉이 어떤 일을 시도하게 되었고, 다른 일원들도 모두 거기에 찬성했다. 보잉은 거의 삼 년 동안 '르 콩데'에 들어오는 손님들의 이름을 적었고, 매번 날짜와 정확한 시간도 함께 기록했다. 그는 친구 두 명에게 밤새 문을 여는 '르 부케'와 '라 페르골라'에 가서 똑같이 하라고 시켰다. 불행히도 그 두 카페의 손님들은 항상 자기 이름을 순순히 대지는 않았다. 사실 보잉은 잠시 램프 주위를 맴도는 나방들을 망각으로부터 구해주려고 했던 것이다. 그의 말로는, 자신은 지난 백 년 동안 계속돼온 왕래에 대한 언급과 함께 파리의 모든 카페 손님들의 이름이 실릴 엄청난 기록부를 꿈꾸고 있다고 했다. 그는 자신이 '정점定點들'이라고 부르는 것에 사로잡혀 있었다.

스쳐지나가고 결국 거리를 따라가다 길을 잃고 마는 여자들, 남자들, 아이들, 개들의 그 끊임없는 물결 속에서, 때로는 얼굴 하나라도 붙들어놓고 싶었으리라. 그렇다, 보잉의 말처럼, 대도시의 소용돌이 한가운데에서 몇 개의 정점들을 찾아야 했다. 외국으로 떠나기 전, 그는 삼 년간 매일 '르 콩데' 손님들에 대해 기록한 노트를 나에게 주었다. 그녀는 사람들이 붙여준 이름인 루키로만 나오며, 어느 해 1월 23일에 처음 언급되어 있다. 그해 겨울은 특히 추웠다. 그래서 우리들 중 몇몇은 추위를 피하려고 하루

종일 '르 콩데'를 떠나지 않았다. '선장'은 우리들을 '르 콩데'로 이끈 습관적인 여정을 상상할 수 있도록 각자의 주소까지 기록해 놓았다. 보잉에게는 그것이 정점들을 설정하는 또하나의 방법이었다. 그는 그녀의 주소를 즉각 언급하지는 않는다. "14시. 루키, 14구 페르마 가 16번지"라는 기록이 등장하는 것은 3월 18일이 되어서이다. 그렇지만 같은 해 9월 5일 그녀는 주소를 옮겼다. "23시 40분. 루키, 14구 셀스 가 8번지." 나는 보잉이 커다란 파리 지도 위에 우리가 '르 콩데'까지 오는 여정을 그리고, 그러기 위해 서로 다른 색의 볼펜들을 사용했다고 추측한다. 어쩌면 그는 우리가 목적지에 도달하기 전 서로 마주칠 수 있는 가능성이 있는지 알고 싶었던 걸까.

아닌 게 아니라, 어느 날인가 내가 부모님의 먼 친척 집을 방문하기 위해 모르는 동네에 갔을 때 루키를 만났던 기억이 난다. 그 집에서 나와 포르트 마요 지하철역을 향해 걷다가, 그랑드 아르메 대로 끝에서 마주쳤다. 나는 그녀의 얼굴을 바라보았고, 그녀 역시 내가 난처한 상황에 있는 그녀를 목격하기라도 한 듯 불안한 시선으로 나를 뚫어져라 바라보았다. 나는 그녀에게 손을 내밀었다. "'르 콩데'에서 본 적이 있지요" 하고 그녀에게 말을 건넸다. 그러자 불현듯 그 카페가 세상 저 반대편에 있는 것처럼 느껴졌다. 그녀는 거북한 미소를 지었다. "그렇죠…… '르 콩데'

에서……" 그건 그녀가 처음으로 '르 콩데'에 모습을 보인 지 얼마 되지 않았을 때였다. 그녀가 아직 다른 사람들과 어울리지 않았고, 자카리아스가 아직 루키라는 이름을 그녀에게 붙여주지 않았던 때였다. "재미있는 카페죠, 안 그래요? '르 콩데' 말입니다……" 그녀는 내 말이 맞다며 고개를 까딱였다. 우리는 몇 걸음 함께 걸었고, 그녀는 나에게 자신은 이 부근에 살지만, 동네가 전혀 마음에 들지 않는다고 말했다. 바보 같으니, 그날 그녀의 본명을 알 수도 있었는데. 그러고 나서 우리는 포르트 마요 지하철역 입구에서 헤어졌고, 나는 그녀가 누군가 자신을 다시 붙잡을 기회를 주려는 듯 점점 느려지는 발걸음으로 뇌이와 불로뉴 숲 쪽으로 멀어져가는 모습을 지켜보았다. 나는 그녀가 다시는 '르 콩데'에 오지 않을 것이며, 그녀의 소식을 다시는 들을 수 없을 거라 생각했다. 그녀는 보잉이 노트에 이름을 잔뜩 채움으로써 맞서 싸우고 있다고 한 '대도시의 익명성' 속으로 사라져버리리라. 190쪽이나 되는, 플라스틱처럼 딱딱한 붉은색 표지의 클레르퐁텐* 노트. 솔직히 말하면 그다지 진척은 없다. 설령 누군가 그 노트를 뒤적여보더라도, 이름과 임시 주소 들을 제외하고는 그 모든 사람들에 대해서도, 나에 대해서도 알 수 있는 것이 전혀 없다.

---

* 프랑스의 문구 회사 이름.

'선장'은 우리에게 이름을 붙이고 어떤 장소를 '정해놓은' 것만으로도 대단하다고 판단했을지 모른다. 그 나머지에 대해서는……

'르 콩데'에서 우리는 결코 출신에 대해 서로 묻지 않았다. 우리는 너무도 젊었고, 밝혀야 할 과거도 없었으며, 현재에 살고 있을 뿐이었다. 심지어 나이가 더 많은 손님들, 아다모프, 바빌레 또는 발라 박사 같은 사람들도 자신들의 과거에 대해서는 일언반구 입 밖에 내지 않았다. 그들은 그저 거기, 우리들 틈에 있는 것으로 만족했다. 그 모든 시간이 흐르고 오늘에 이르러서야 나는 아쉬움을 느낀다. 보잉이 노트에 좀더 상세하게 적고, 각각의 사람들에 대해 짤막한 이력이라도 언급해놓았더라면 좋았을 텐데. 그는 진정 이름과 주소만으로도 나중에 삶의 실마리를 찾는 데 충분하다고 믿었던 걸까? 그것도 본명도 아닌 단순한 별명만으로? "루키. 2월 12일 월요일 23시." "루키. 4월 28일 14시." 그는 매일같이 손님들이 앉는 테이블 주위 자리까지 기록했다. 간혹 이름도 별명도 없는 때도 있다. 그해 6월, 그는 세 차례에 걸쳐 이렇게 기록했다. "가죽 상의를 입은 갈색 머리 남자와 함께 있는 루키." 그가 그 남자에게 이름을 물어보지 않았거나 아니면 그 남자가 대답을 거부했을 것이다. 분명 그 사내는 단골손님이 아니었다. 가죽 상의를 걸친 갈색 머리 남자는 영원히 파리의 거리에서 길을 잃었고, 보잉은 겨우 몇 초 동안만 그의 그림자를 붙잡아놓을 수 있었다. 게다가 그의 노트에는 부정확한 점들도 있다. 마침내 나는 기준점을 설정할 수 있었는데, 그것에 의하면 그녀가 처음 '르 콩데'에 온 것은 보잉이 생각한 것처럼 1월이 아니라는 내 생각을 확인할 수 있다. 그 날짜보다 훨씬 이전에 그녀에 대한 기억이 있다. '선장'이 그녀를 언급한 것은 다른 사람들이 그녀에게 루키라는 이름을 붙여준 뒤부터였고, 그전까지는 그가 그녀의 존재를 눈치채지 못했다고 나는 추측한다. 그녀는 가죽 상의를 걸친 갈색 머리 남자처럼, "14시. 초록색 눈의 갈색 머리 여자" 하는 식의 모호한 언급에도 낄 자격이 없었던 것이다.

그녀가 나타난 것은 그 전해 10월이다. 나는 '선장'의 노트에서 기준점을 발견했다. "10월 15일. 21시. 자카리아스의 생일. 그의 테이블에 안네, 돈 카를로스, 미레유, 라 우파, 프레드, 아다모프가 있다." 나는 완벽하게 기억한다. 그때 그녀도 그들의 테이블에 있었다. 왜 보잉은 그녀의 이름을 물어볼 호기심조차 느끼지 않았을까? 증언들은 근거가 부족하고 엇갈리지만, 나는 그날 저녁 그녀가 그 자리에 있었음을 확신한다. 그녀를 보잉의 눈에 띄지 않게 만든 모든 것이 내겐 놀라웠었다. 그녀의 소심함, 느릿느릿한 동작, 그녀의 미소, 그리고 특히 그녀의 침묵. 그녀는 아다모프 옆에 앉는 것을 좋아했다. 어쩌면 그녀가 '르 콩데'에 온 것도 그 사람 때문일 수도 있었다. 나는 오데옹 부근과 거기서 좀더 떨어진 생 쥘리앵 르 포브르 구역에서 아다모프와 자주 마주쳤다. 그때마다 그는 어떤 젊은 여자의 어깨에 한 손을 얹고 걷고 있었다. 길안내를 받는 맹인. 그렇지만 그는 비극적인 개와 같은 시선으로 모든 것을 관찰하는 것 같았다. 그리고 내가 보기엔 그의 안내자 역할을 하는 아가씨가 매번 다른 아가씨인 듯했다. 아니면 간호사든지. 그녀는 왜 아니었겠는가? 그렇다, 그러고 보니 그날 밤 그녀는 아다모프와 함께 '르 콩데'에서 나갔다. 나는 그들이 오데옹을 향해 인적 없는 거리를 걸어내려가는 모습을 보았는데, 아다모프는 한 손을 그녀의 어깨에 올린 채 기계적으로 걸음을 옮기고 있었다. 그녀는 너무 빨리 걸을까봐 두려워하는 듯했고, 이따금 아다모프가 숨을 고르게 하려는 듯 잠시 멈춰 서기도 했다. 오데옹 사거리에 이르자, 아다모프는 약간 엄숙한 태도로 그녀와 악수를 했고, 그녀는 지하철 입구의 어둠 속으로 빨려들어갔다. 그리고 그는 생탕드레 데자르 쪽을 향해 곧장 몽유병자와 같은 발걸음을 옮겼다. 그러면 그녀는? 그렇다, 그녀는 가을에 '르 콩데'를 자주 드나들기 시작했다. 그리고 그건 아마도 우연한 일이 아니다. 내게 가을은 한 번도 슬픈 계절이 아니었다. 낙엽과 점점 짧아지는 해는 나에게 한 번도 무언가의 종말을 상기시키지 않았고, 오히려 미래에 대한 기대감을 의미했다. 어둠이 내리기 시작하는 10월의 저녁, 파리의 대기에는 전기가 흐른다. 비가 내릴 때조차도. 그 시간이면 나에겐 우울함도 없고, 시간이 흘러 사라진다는 느낌도 없다. 모든 것이 가능할 것만 같다. 한 해는 10월에 시작된다. 그때는 새 학기가 시작되는 때이며 계획들을 세우는 시즌이라고 나는 생각한다. 그러므로 그녀가 10월에 '르 콩데'에 나타난 것은 자기 인생의 한 부분과 절연하고 소설에서 말하는 '탈바꿈'이라는 것을 하기 위해서였던 것이다. 내 생각이 확실히 틀리지 않다는 것을 증명하는 단서도 있다. '르 콩데'에서 사람들은 그녀에게 새로운 이름을 붙여주었다. 그리고 자카리아스는 그날 세례라는 말까지 했다. 어떤 면에서 두번째 탄생인 셈이다.

가죽 상의를 입은 갈색 머리 남자는 불행히도 '르 콩데'에서 찍은 사진들 속에 보이지 않는다. 유감스러운 일이다. 종종 사람들은 사진 덕분에 사람을 확인하기도 한다. 그 사진을 신문에 싣고 증인 호출을 하는 것이다. 그자는 보잉이 모르고 또 게을러서 이름을 밝히지 않은 그룹의 일원이었을까?

어제저녁, 나는 노트의 모든 페이지를 차근차근 뒤적여보았다. "가죽 상의를 입은 갈색 머리 남자와 함께 있는 루키." 그러다가 무척이나 놀랍게도 '선장'이 그 미지의 남자를 언급한 것이 6월만은 아니라는 사실을 알아차렸다. 어떤 페이지 아래쪽에 그는 황급히 이렇게 갈겨 적었다. "3월 24일. 가죽 상의를 입은 갈색 머리 남자와 함께 있는 루키." 그리고 똑같은 설명글을 4월에 두 차례에 걸쳐 발견하게 된다. 나는 보잉에게 왜 그녀 이름을 적을 때마다 마치 다른 사람들과 구별하려는 듯 파란색 연필로 이름에 밑줄을 그었는지 물어봤었다. 아니, 자신이 그런 게 아니라 했다. 어느 날 그가 카운터에 앉아 카페 안에 있는 손님들을 노트에 기록하고 있을 때, 그의 옆에 서 있던 한 남자가 그가 하는 일을 얼핏 보았다고 했다. 그 사내는 나이가 사십대쯤 되었고 발라 박사를 알고 있었다. 부드러운 목소리로 말을 하며 연한 담배를 피웠다. 보잉은 그에게 신뢰감을 느꼈고, 자신이 '황금의 서書'라고 부르는 것에 대해 몇 마디 이야기를 했다. 상대는 흥미를 느낀 듯했다. 그 사내는 '예술편집자'였다. 그렇다, 그는 얼마 전 '르 콩데'에서 사진을 찍은 사람을 알고 있었다. 그는 그걸 앨범으로 내기로 했고, 제목은 '파리의 어느 카페'로 하리라 했다. 사내는 그 노트를 다음날 저녁까지 자신에게 빌려주면 고맙겠노라고, 그러면 사진들에 설명글을 달 때 도움이 될 수도 있지 않겠느냐고 했다. 다음날 사내는 보잉에게 그 노트를 돌려주었고, 다시는 '르 콩데'에 나타나지 않았다. 보잉은 루키의 이름마다 파란색 연필로 밑줄이 그어진 것을 보고 놀랐다. 좀더 알아보려고 발라 박사에게 그 예술편집자에 관해 몇 가지 질문을 던졌다. 발라는 놀랐다. "아, 그 사람이 당신에게 자신이 예술편집자라고 했나요?" 발라 박사는 생 브누아 가의 '라 말렌'에서 종종 그와 마주쳤고, '몽타나' 바에서 함께 몇 번 주사위 놀이를 했기 때문에 피상적으로만 알 뿐이라고 했다. 그 사내는 오래전부터 그 동네에 자주 드나들었다. 그의 이름은? 케슬레였다. 발라는 그에 대해 말하는 걸 약간 불편해하는 듯했다. 그래서 보잉이 자신의 노트와 루키라는 이름 밑에 파란색 연필로 줄을 그어놓은 것을 언급했을 때, 박사의 시선에는 언뜻 불안한 기색이 스쳤다. 매우 순간적인 일이었다. 그러더니 그는 미소를 지었다. "꼬마 아가씨에게 흥미가 있었던 게로군…… 참 예쁘니까…… 하지만 그 모든 이름들로 자네 노트를 채우다니, 참 기묘한 생각이군…… 재미있구먼. 자네, 자네의 그룹 그리고 자네의 파타피지크* 말일세……" 그는 파타피지크, 문자주의**, 자동기술***, 메타그라피**** 그리고 보잉, 장미셸, 프레드, 바빌레, 라롱드 또는 아다모프처럼 '르 콩데'의 가장 문학적인 손님들이 행하는 모든 실험들을 혼동하고 있었다. "그런데 그런 건 위험해" 하고 발라 박사는 신중한 목소리로 덧붙였다. "자네의 노트는 마치 경찰의 기록이나 경리

* 복잡하고도 기발한 난센스 논의.

** 상형문자, 의성어 따위를 시에 쓰자고 주장하는 전위문학 이론.

*** 이성을 배제하고 무의식의 이미지를 기록하는 초현실주의 기법.

**** 시각예술과 시를 접목한 문자주의의 주요 기법. 이페르그라피라고도 한다.

장부 같아. 우리 모두가 일제 단속에 걸린 것 같다고……"

보잉은 정점에 대한 자신의 이론을 설명하며 그게 아니라고 부인했으나, 그날부터 발라가 자신을 믿지 못하고 심지어 피하려 한다는 느낌을 받았다.

그 케슬레라는 자는 단순히 루키의 이름에 밑줄을 그은 것만은 아니었다. 노트에 '가죽 상의를 입은 갈색 머리 남자'가 언급될 때마다 파란색 연필로 두 줄을 그어놓았다. 그 모든 일이 보잉은 무척 당혹스러웠고, 그다음 며칠간 혹시 자칭 예술편집자라는 그자를 우연히 '라 말렌'이나 '몽타나'에서 마주치게 되지 않을까, 그래서 설명을 요구할 수 있지 않을까 하는 바람에 생브누아 가를 어슬렁거렸다. 그러나 그를 다시 만나지는 못했다. 얼마 후 보잉은 프랑스를 떠나야 했고, 그래서 마치 대신 그자를 찾아주길 바라는 것처럼 내게 노트를 맡겼다. 하지만 이제는 너무 늦었다. 때때로 그 시기가 내 기억 속에 생생히 살아나더라도, 그건 대답 없이 남겨진 의문들 때문이다.

한산한 오후 시간, 사무실에서 돌아올 때, 그리고 종종 외로운 일요일 밤에, 사소한 일이 내 머릿속에 되살아난다. 그러면 나는 온통 주의를 집중해 다른 세세한 일들을 모아 보잉이 남긴 노트 뒷부분, 아직 백지로 남은 부분에 적어보려고 한다. 나 역시, 정점을 찾아 나선다. 다른 이들이 십자말풀이나 카드점으로 시간을 보내듯, 내겐 그것이 소일거리다. 보잉의 노트에 적힌 이름과 주소 들이 내겐 큰 도움이 된다. 그것들은 때때로 정확한 사실, 비 오는 오후 혹은 해가 난 오후를 떠오르게 한다. 나는 항상 계절에 민감했다. 어느 날 저녁, 루키가 소나기, 아니, 11월이나 초봄에 지루하게 내리는 비에 머리가 흠뻑 젖어 '르 콩데'에 들어왔다. 샤들리 부인은 그날 카운터 뒤에 있었다. 그녀는 목욕타월을 가지러 2층에 있는 자신의 소형 아파트로 올라갔다. 노트에 적힌 대로, 그날 저녁에는 자카리아스, 안네, 돈 카를로스, 미레유, 라 우파, 프레드 그리고 모리스 라파엘이 같은 테이블에 모여 있었다. 자카리아스가 타월을 집어 루키의 머리를 닦아주고, 그걸 터번 모양으로 그녀의 머리에 감아 묶었다. 그녀가 그들 테이블에 앉자 그들은 그녀에게 그로그*를 한 잔 마시게 했고, 그녀는 머리에 터번을 감은 채 그들과 늦게까지 머물렀다. 새벽 두시쯤 '르 콩데'에서 나올 때도 비가 여전히 내리고 있었다. 우리는 가게 입구 문간에 있었고 루키는 여전히 터번을 감고 있었다. 샤들리 부인은 가게 불을 끄고 잠을 자러 갔다. 부인이 1층과 2층 사이의 창문을 열고, 자기 아파트에 올라와 비를 피하지 않겠느냐고 했다. 하지만 모리스 라파엘이 무척 쾌활한 어조로 "부인,

* 럼주 혹은 브랜디에 설탕, 레몬, 더운물을 섞은 음료.

그런 생각은 마시죠…… 우린 당신이 주무시도록 내버려두어야 한답니다……"라고 말했다. 그는 잘생긴 갈색 머리 남자로, 우리보다 나이가 많고 '르 콩데'의 열성 고객이었는데, 자카리아스는 그의 고양이 같은 행동거지와 몸짓 때문에 그를 '재규어'라고 불렀다. 그는 아다모프와 라롱드처럼 몇 권의 책을 냈지만, 우리는 결코 그 책에 대해 이야기하지 않았다. 그의 주위에는 신비가 감돌았고, 우리는 심지어 그가 암흑가와 줄이 닿아 있다는 생각까지 했다. 비는 더욱 거세졌다. 장맛비였다. 하지만 다른 사람들은 다 그 동네에 살고 있었기 때문에 심각한 일은 아니었다. 이윽고 차양 밑에는 루키, 모리스 라파엘 그리고 나만 남게 되었다. "두 사람 다 내 차로 태워다줄까?" 하고 모리스 라파엘이 제안했다. 우리들은 그의 낡은 검은색 포드가 주차되어 있는 거리 끝까지 빗속을 달렸다. 루키가 그의 옆자리에 앉고 나는 뒷좌석에 앉았다. "누굴 먼저 내려줄까?" 모리스 라파엘이 물었다. 루키가 자신이 사는 거리를 말하고, 몽파르나스 묘지 너머라고 했다. "그럼 당신은 연옥에 사는 거네." 그가 말했다. 나는 우리 둘 다 '연옥'이 무얼 의미하는지 이해하지 못했다고 생각한다. 나는 그에게 발 드 그라스 가 모퉁이의 뤽상부르 공원 철책을 지나서 바로 내려달라고 했다. 나는 그가 꼬치꼬치 캐물을까 두려워, 내가 사는 곳의 정확한 위치를 알려주기 싫었다.

나는 루키와 모리스 라파엘과 악수를 하면서 두 사람 다 내 별명은 모른다고 생각했다. 나는 '르 콩데'의 무척 조심스러운 손님이었고, 약간 떨어져 앉아 그저 그들 모두의 이야기를 듣는 것으로 만족했다. 그걸로 충분했다. 나는 그들과 사이가 좋다고 느끼고 있었다. 내게 있어 '르 콩데'는 삶의 단조로움에서 예견할 수 있는 모든 것으로부터의 피난처였다. 내가 언젠가는 놓아둘 수밖에 없는 나 자신의 일부—가장 좋은 일부—가 그곳에 있으리라.

"발 드 그라스 구역에 살다니 잘했군." 모리스 라파엘이 말했다.

그는 나에게 미소를 지었고, 내겐 그 미소가 친절함과 아이러니를 동시에 표현하는 것 같았다.

"또 만나요." 루키가 나에게 말했다.

나는 차에서 내렸고, 그녀가 저 아래 포르 루아얄을 향해 사라질 때까지 기다렸다가 왔던 길로 되돌아갔다. 사실 내가 사는 곳은 발 드 그라스 구역이 아니고, 그보다 조금 아래 생 미셸 대로 85번지 건물이었다. 파리에 도착하자마자 나는 기적적으로 그곳에 방을 하나 구했다. 창문 밖으로 내가 다니는 학교의 검은 벽면이 보였다. 그날 밤 나는 거대한 그 벽면과 입구의 커다란 돌계단에서 시선을 뗄 수 없었다. 만일 그들이 내가 거의 매일 그 계단을 이용하는 고등광산학교 학생이라는 사실을 알면 어떻게 생각할까? 자카리아스, 라 우파, 알리 셰리프 혹은 돈 카를로스는 광산학교라는 게 정확히 뭔지 알까? 내 비밀을 숨겨야 했다. 그러지 않으면 그들이 나를 비웃거나 믿지 않을지도 모를 일이었다. 아다모프, 라롱드, 모리스 라파엘에게 광산학교는 어떻게 비칠까? 아마 아무것도 아닐 것이다. 그들은 나에게 그런 곳에 더이상 드나들지 말라고 충고하리라. 내가 '르 콩데'에서 많은 시간을 보낸 것은 단 한 번이라도 그들이 나에게 그런 충고를 해주길 바랐기 때문이다. 루키와 모리스 라파엘은 벌써 그가 '연옥'이라고 부른 지역, 몽파르나스 묘지 건너편에 도착했을 것이다. 그리고 나는 어둠 속, 창가에 기대서 있었다. 마치 사람이 더이상 찾지 않는 시골역 같았다. 이웃 건물의 벽에서 나는 누군가 세워놓고 총살을 한 것 같은 몇 개의 총탄 흔적을 발견했었다. 나는 점점 더 괴상하게 느껴지는 그 세 단어를 낮은 목소리로 되뇌었다. "고등··· 광산··· 학교."

운 좋게도 그 청년은 카페 '르 콩데' 테이블에서 내 옆자리에 있었고, 우리는 자연스럽게 대화를 시작했다. 내가 처음 그 가게에 갔을 때였고, 내 나이는 그의 아버지뻘이었다. 그가 삼 년 전부터 낮이나 밤이나 매일같이 그곳의 손님들을 기록한 노트가 내 일을 쉽게 만들어주었다. 내가 무엇 때문에 친절하게도 그가 나에게 빌려준 그 기록을 참고하고자 했는지, 그 정확한 이유를 가르쳐주지 않은 것이 후회된다. 하지만 내가 예술편집자라고 그에게 말했을 때 내가 거짓말을 한 걸까?

나는 그 청년이 내 말을 믿는다는 걸 알아챘다. 다른 사람들보다 스무 살이나 나이가 많다는 것은 유리한 점이다. 그들은 당신의 과거를 모르니까. 그리고 설령 그들이 당신에게 그때까지 당신의 삶이 어떠했는지 몇 가지 경솔한 질문을 한다 해도, 당신은 모든 걸 지어낼 수 있다. 새로운 삶을. 그들은 확인하려 들지 않을 것이다. 당신이 그 상상 속의 삶을 이야기함에 따라, 오래전부터 당신이 숨막혀하며 지낸 꽉 막힌 장소로 상쾌한 공기가 확 가로지른다. 갑자기 창문이 열리고, 먼바다에서 불어오는 바람에 덧창이 덜거덕거린다. 또다시 당신 앞에 미래를 가진 것이다.

예술편집자. 별로 깊이 생각하지 않았는데, 그 말이 머릿속에 떠올랐다. 만약 이십 년도 더 전에 사람들이 내게 무슨 일을 하느냐고 물었다면, 예술편집자라는 말을 우물거렸을 것이다. 그렇다, 오늘은 그 말을 했다. 변한 것은 아무것도 없다. 그 모든 세월은 소멸되었다.

그렇다고 내가 과거를 송두리째 밀어버린 것은 아니다. 우리와 동시대에 살았던 사람들 중 몇몇 증인, 생존자들이 남아 있다. 어느 날 저녁, '몽타나'에서 나는 발라 박사에게 생년월일을 물었다. 우리들은 같은 해에 태어났다. 그래서 나는 그에게 우리가 예전에, 이 동네가 아직 한창 영화를 누리고 있을 때 만난 적이 있다는 사실을 상기시켰다. 게다가 그 훨씬 이전에도 파리의 다른 동네, 센 강 우안에서 그를 마주친 것 같다고 말했다. 심지어 확실하다고 장담하기까지 했다. 발라는 내가 안 좋은 기억들을 떠올릴 그 순간, 내 말을 끊으며 무뚝뚝한 목소리로 250밀리

리터짜리 비텔* 한 병을 주문했다. 나는 입을 다물었다. 우리는 어떤 침묵들에 좌우되어 산다. 우리는 서로에 대해 자세히 알고 있다. 그래서 서로를 피하려고 한다. 물론 최선의 방법은 영원히 시야에서 사라지는 것이다.

참으로 희한한 우연의 일치…… 내가 처음 '르 콩데'의 문턱을 넘은 그날 오후, 나는 발라 박사와 다시 조우했다. 그는 안쪽 테이블에 두세 명의 젊은이들과 함께 앉아 있었다. 그는 산 사람이 유령을 마주쳤을 때와 같은 불안한 시선을 나에게 던졌다. 나는 그에게 미소를 지어 보였다. 그리고 아무 말 없이 그와 악수를 했다. 내 입에서 아주 사소한 말이 나오더라도 새로운 친구들과 마주앉은 그를 불편한 심기에 빠뜨릴 수 있다는 걸 느꼈다. 내가 실내 반대편의 인조가죽 소파에 앉자, 그는 나의 침묵과 신중함에 안심한 듯 보였다. 그곳에서 나는 그와 시선을 마주치지 않고 그를 관찰할 수 있었다. 그는 젊은이들 쪽으로 몸을 숙인 채 나지막한 소리로 말했다. 혹시 내가 자기 말을 들을까 두려워한 걸까? 그래서 나는 시간이나 때우기 위해, 짐짓 사교적인 어조로 말을 해서 그의 이마에 땀방울이 맺히게 할 몇몇 문장들을 상상해보았다. "당신 아직도 의사인가?" 그리고 잠시 시간을 둔

* 프랑스 미네랄워터의 상표명.

다음, "그래, 여전히 루이블레리오 강변로에서 하고 계신가? 모스쿠 가에 여전히 진찰실을 가지고 있지 않다면 말이야…… 그런데 오래전 프레스네에 체류할 때, 그 사람에게 지나치게 심각한 결과가 나오지 않았으면 좋았을걸……" 그 대목에서 하마터면 나는 구석에 혼자 앉아 웃음을 터뜨릴 뻔했다. 사람들은 늙지 않는다. 흘러가는 세월과 함께 많은 사람들과 사물들이 마침내 당신에겐 너무나 우습고 덧없어 보여 당신은 그 사람들과 사물들에 어린아이 같은 시선을 보내게 된다.

처음 갔던 그날, 나는 '르 콩데'에서 오래 기다렸다. 그녀는 오지 않았다. 인내심을 가져야 했다. 아마 다른 날 오겠지. 나는 손님들을 관찰했다. 대부분 채 스물다섯 살도 되어 보이지 않았는데, 19세기 소설가라면 그들을 보고 '학생 보헤미안'을 떠올렸을 것이다. 하지만 내 생각에는 그들 중 아주 소수만이 소르본이나 광산학교에 등록한 학생들이었다. 그들을 가까이서 보며 내가 그들의 장래에 대해 걱정했다는 것을 고백해야겠다.

거의 시차를 두지 않고 두 남자가 들어왔다. 아다모프 그리고 모리스 라파엘이라는 이름으로 책을 몇 권 낸, 행동거지가 유연

한 갈색 머리 사내였다. 아다모프는 몇 번 봐서 알고 있었다. 예전에 그는 거의 매일 올드 네이비에 있었는데, 그의 시선은 잊을 수 없었다. 내가 아직 종합정보국*의 몇몇 사람과 접촉하던 시절, 그의 정식 혼인신고를 위해 도움을 주었던 일이 생각난다. 모리스 라파엘로 말하자면, 그 역시 그 동네 바들의 단골이었다. 사람들은 그가 전쟁 후 다른 이름을 사용하며 몇 가지 골치 아픈 일을 겪었다고 말했다. 당시 나는 블레망을 위해 일하고 있었다. 두 사람 다 카운터에 팔을 괴었다. 모리스는 꼿꼿하게 서 있었고, 아다모프는 등받이 없는 의자에 올라앉아 고통스러운 듯 얼굴을 찡그리고 있었다. 그는 내 존재를 알아차리지 못했다. 하긴 그가 내 얼굴을 본들, 아직도 뭔가 떠오를까? 색 바랜 레인코트를 입고 이마 위로 금발머리를 늘어뜨린 아가씨를 포함해 세 명의 젊은이가 카운터로 가 그들과 합석했다. 모리스 라파엘은 그들에게 담뱃갑을 건네준 뒤 흥미로운 듯 미소를 띠고 그들을 바라보았다. 아다모프는 덜 친근한 모습을 보였다. 그의 강렬한 시선으로 보아, 그가 어렴풋이나마 그들을 두려워한다고 생각할 수도 있었다.

내 호주머니 속엔 그 자클린 들랑크의 즉석사진 두 장이 들어

* 프랑스 내무성의 국가경찰총국 산하기관.

있었다…… 내가 블레망을 위해 일하던 시절, 그는 내가 어떤 사람이든 쉽게 알아보는 것에 항상 놀랐다. 단 한 번 얼굴을 마주치는 것만으로도 내 기억 속에는 그 얼굴이 새겨졌고, 그래서 블레망은 멀리 사분의 삼만 보이든, 심지어 등진 모습이든 즉시 사람을 알아보는 내 능력에 대해 농담을 던지곤 했다. 그러므로 나는 전혀 불안감을 느끼지 않았다. 그녀가 '르 콩데'에 들어오는 즉시, 나는 그녀라는 것을 알아보리라.

발라 박사가 카운터를 향해 몸을 돌렸고, 우리의 시선이 마주쳤다. 그는 나에게 다정하게 손짓을 했다. 불현듯 그의 테이블로 곧장 걸어가 그에게 사적인 질문이 있다고 말하고 싶었다. 그랬다면 나는 그를 따로 데리고 가 사진을 보여주며 물었을 것이다. "아시겠소?" 하고. 정말 '르 콩데'의 손님들 중 하나를 통해 그 여자에 대해 조금이라도 더 알 수 있다면 참 유용했을 텐데.

그녀의 호텔 주소를 알자마자, 나는 그 부근으로 갔다. 오후의 한산한 시간을 택했다. 그녀가 없을 확률이 더 컸다. 적어도 나는 그러길 바랐다. 그러면 그녀에 관해 안내데스크에서 몇 가지 질문을 할 수도 있을 테니까. 햇볕이 내리쬐는 가을 낮이어서 나는 걸어가기로 했다. 나는 강변도로에서 출발해 서서히 대지의 내부로 파고들었다. 셰르슈미디 가에 이르니 해가 눈 속으로 비쳤다. 나는 '시앵 키 퓜'*이라는 카페에 들어가 코냑을 한 잔 주문했다. 초조했다. 유리창 너머로 멘 대로를 주시했다. 왼쪽 보도를 따라가야 하겠고, 그러면 목적지에 도달하리라. 초조해할 하등의 이유가 없다. 그 거리를 따라가면서 나는 다시 마음이 가라앉았다. 그녀가 없으리란 것을 거의 확신하고 있었고, 이번에는 몇 가지 질문을 하기 위해 호텔 안으로 들어가지는 않을 생각이었다. 마치 위치를 파악하기 위해서인 양 그 주위를 배회하리라. 내겐 시간이 충분하다. 그러라고 돈도 받았다.

셀스 가에 이르자, 나는 마음을 탁 놓기로 작정했다. 고요하고 칙칙한 거리, 그 거리는 나에게 시골 마을이나 교외가 아니라 사람들이 '배후지背後地'라고 부르는 신비로운 지역을 떠올리게 했다. 나는 호텔 안내데스크를 향해 곧장 걸어갔다. 아무도 없다. 혹시 그녀가 나타나지는 않을까 하면서 십여 분을 기다렸다. 문이 열리고, 갈색 단발머리에 온통 검은 옷을 입은 한 여자가 안내데스크로 왔다. 나는 상냥한 어조로 말했다.

"자클린 들랑크 양을 만나러 왔는데요."

---

* '담배 피우는 개'라는 뜻.

나는 그녀가 처녀 적 이름을 숙박계에 기입했을 거라 생각했다.

그녀는 내게 미소를 짓고는 뒤에 있는 보관함 중 하나에서 봉투를 집어들었다.

"롤랑 씨이신가요?"

그 사내는 누구지? 나는 되는대로 희미하게 고개를 끄덕였다. 그녀가 내게 봉투를 건네주었는데, 봉투 겉면에 파란 잉크로 '롤랑에게'라고 쓰여 있었다. 봉투는 밀봉되어 있지 않았다. 큼직한 종이 위에 쓰인 글을 읽었다.

> 롤랑, 다섯시부터 카페 '르 콩데'에 있을 테니 오면 나를 만날 수 있을 거예요. 안 그러면 AUTEUIL 15-28로 전화해서 메시지를 남겨줘요.

서명은 루키라고 되어 있었다. 자클린을 줄인 말인가? 나는 종이를 접어 다시 봉투에 넣고 갈색 머리 여자에게 건네주었다.

"미안합니다…… 착각했군요…… 이건 제 것이 아닙니다."

그녀는 아무렇지도 않다는 듯 기계적인 몸짓으로 편지를 보관함에 도로 넣었다.

"자클린 들랑크가 여기 산 지 오래되었습니까?"

그녀는 잠시 망설이다가 친절한 어조로 대답했다.

"한 달가량 되었습니다."

"혼자서요?"

"예."

나는 그녀가 별 신경을 쓰지 않으며, 내가 무얼 물어보든 다 대답할 거라 느꼈다. 그녀는 지극히 권태로운 시선으로 나를 바라보았다.

"감사합니다." 나는 그녀에게 말했다.

"천만에요."

지체하지 않는 편이 좋았다. 롤랑이라는 자가 언제 나타날지 몰랐다. 나는 다시 멘 대로로 접어들어 조금 전 왔던 길을 거슬러갔다. '시앙 키 퓜'에서 또다시 코냑 한 잔을 주문했다. 전화번호부에서 '르 콩데'의 주소를 찾았다. 그 카페는 오데옹 구역에 있었다. 오후 네시, 아직 시간이 좀 있었다. 그래서 나는 AUTEUIL 15-28로 전화를 걸었다. 무뚝뚝한 목소리가 말하는 벽시계를 연상시켰다. "라 퐁텐 정비소입니다…… 뭘 도와드릴까요?" 나는 자클린 들랑크를 바꿔달라고 했다. "잠시 자리를 비웠는데요…… 남기실 말씀이라도 있습니까?" 수화기를 내려놓을까 했지만, 억지로 대답했다. "아뇨, 없습니다. 고맙습니다."

사람들을 잘 이해하려면 무엇보다 그 사람들이 다니는 길들을 가능한 한 정확히 확정해야 한다. 나는 나지막한 소리로 되뇌었다. "셀스 가의 호텔. 라 퐁텐 정비소. 카페 '르 콩데.' 루키." 그리고 불로뉴 숲과 센 강 사이 뇌이의 그 구역, 그 사내가 자신의 아내인 일명 자클린 슈로, 결혼 전 이름이 들랑크였던 그녀에 관해 이야기하고자 나와 만나기로 약속했던 그곳도.

누가 그에게 나를 추천했는지 난 잊었다. 별로 중요한 것은 아니다. 아마도 그는 전화번호부에서 내 주소를 찾아냈을 것이다. 나는 약속 시간 훨씬 전에 지하철을 탔다. 노선은 직선이었다. 사블롱에서 내려, 거의 삼십 분 동안 그 부근을 걸었다. 나는 문제의 핵심으로 곧장 들어가기 전에 그 장소들을 알아두는 습관이 있었다. 예전에 블레망은 그런 점을 질책하며 내가 시간을 허비한다고 생각했다. 그는 나에게 말하곤 했다. 수영장 주변을 돌아다니기보다는 차라리 물에 뛰어들라고. 나는 그 반대로 생각했다. 지나치게 성급히 행동하지 말고 느긋하게 몸을 맡기면 그 장소의 혼 속으로 부드럽게 빠져들어가게 된다고.

대기중에는 가을과 들판의 냄새가 떠돌고 있었다. 나는 자르댕 다클리마타시옹* 가장자리로 난 거리, 그렇지만 그 왼쪽, 그러니까 숲과 승마 전용도로 쪽을 따라 걸으며, 이것이 단순히 산책하는 것이었으면 했다.

장피에르 슈로라는 그 사람은 아무 억양 없는 목소리로 전화를 걸어 약속을 정했다. 자신의 아내에 관한 일이라는 것만 알려주었다. 그가 사는 곳으로 가까이 다가가면서, 나는 나처럼 승마 전용도로를 따라 걸으며 자르댕 다클리마타시옹의 승마 연습장을 지나치는 그의 모습을 그려보았다. 몇 살이나 되었을까? 목소리의 음색은 젊게 들렸지만, 목소리란 언제나 사람을 속이는 법이다.

대체 부부간의 어떤 우여곡절 혹은 지옥 속으로 날 끌어들이려는 걸까? 나는 실망감이 엄습하는 것을 느꼈고, 내가 과연 약속 장소에 가고 싶은 건지 더이상 확신이 서지 않았다. 나는 숲속으로 파고들어 생잠 늪과 겨울이면 스케이트 타는 사람들이 자주 찾는 조그만 호수 쪽으로 향했다. 산책하는 사람이 나 혼자여서인지, 파리에서 멀리 떨어진 솔로뉴 어딘가에 와 있는 느낌이 들었다. 다시 한번, 나는 실망감을 이겨내는 데 성공했다. 직업적인 막연한 호기심이 나로 하여금 숲속을 가로지르는 산책을 중단하고 다시 뇌이 부근으로 돌아가게 했다. 솔로뉴. 뇌이. 나는 비가 주룩주룩 내리는 긴긴 오후 내내 뇌이에서 맞는 슈로 부

---

* 불로뉴 숲에 있는 동물원.

부를 상상했다. 그러자 저쪽 솔로뉴에서 석양이 내릴 무렵 사냥을 알리는 뿔피리 소리가 들려왔다. 그의 아내는 두 다리를 한쪽으로 모아 말을 탔을까? 나는 블레망의 말을 떠올리고는 웃음을 터뜨렸다. "케슬레, 당신은 너무 앞서간단 말이야. 소설이나 써야 했을 것을."

그는 맨 끝, 포르트 드 마드리드의 유리로 된 커다란 출입문이 있는 현대식 건물에 살고 있었다. 그는 나에게 홀 안쪽 왼편으로 오라고 했다. 그러면 문에 새겨진 자기 이름이 보일 거라고. "아파트 1층이에요." 나는 그가 '1층'이라고 발음할 때의 울적함에 놀랐다. 그는 그런 고백을 후회라도 하듯, 한참 침묵을 지켰다.

내가 물었다. "정확한 주소가 어떻게 됩니까?"

"브레트빌 대로 11번지입니다. 적으셨죠? 11번지…… 네시에, 좋습니까?"

그의 목소리는 다시 힘을 얻어, 거의 사교적인 억양을 띠었다.

문에 금박을 입힌 작은 명패가 붙어 있었다. 장피에르 슈로. 그 아래로 밖을 내다보는 작은 문구멍이 눈에 띄었다. 나는 초인종을 눌렀다. 기다렸다. 그곳, 조용하고 인적 없는 그 홀에서 나는 너무 늦게 왔다고 생각했다. 그는 벌써 자살했을 것이다. 그런 생각을 한 것이 부끄러워졌고, 또다시 모든 걸 때려치우고 이 홀을 떠나 솔로뉴의 자유로운 대기 속에서 산책이나 계속하고 싶은 생각이 들었다. 나는 다시 초인종을 눌렀다. 이번에는 세 번을 짧게 눌렀다. 문 안쪽에 서서 문구멍으로 날 지켜보기라도 한 양, 곧바로 문이 열렸다.

그는 사십대의 갈색 머리 사내로, 머리는 짧게 잘랐고, 키는 평균보다 훨씬 컸다. 감색 양복을 입었고, 하늘색 셔츠는 옷깃이 벌어져 있었다. 그는 아무 말 없이 거실이라 불러도 될 장소로 나를 안내했다. 그는 나에게 낮은 테이블 너머에 있는 소파를 가리켰고, 우리는 거기에 나란히 앉았다. 그는 말 꺼내는 걸 힘들어했다. 그를 편하게 해주기 위해, 나는 가능한 한 부드러운 목소리로 말했다. "그래, 부인 일입니까?"

그는 태연한 어조로 말하려고 애썼다. 그리고 내게 억지 미소를 지어 보였다. 그렇단다. 아내가 평범한 말다툼 끝에 사라져버린 지 두 달째라고 했다. 그렇게 그녀가 사라진 후 처음으로 나에게 그 말을 하는 걸까? 유리창 중 하나에 철제 덧창이 내려져 있어서, 나는 혹시 저 남자가 두 달 전부터 아파트에 스스로 갇혀 지낸 것은 아닌지 궁금했다. 하지만 덧창을 제외하고는, 거실에 무질서나 될 대로 되라는 식의 흔적은 전혀 없었다. 그 자신도 잠시 멍하니 있다가 다시 어느 정도 자신감을 되찾았다.

“이번 사태가 되도록 빨리 밝혀지기를 바랍니다.” 마침내 그가 나에게 말했다.

나는 좀더 가까이서 그를 관찰했다. 검은 눈썹 아래 무척이나 맑은 눈, 우뚝 솟은 광대뼈, 윤곽이 뚜렷한 옆모습. 거동과 몸짓에서 배어나오는, 운동으로 다져진 활력이 짧게 자른 머리칼로 인해 더욱 두드러졌다. 상반신을 드러낸 채 홀로 항해에 나선 외로운 요트 항해자를 기꺼이 떠올릴 수 있으리라. 그런데 그토록 뚜렷이 보이는 단호함과 매력에도 불구하고, 그의 아내는 그를 떠났다.

나는 그동안 혹시 그가 아내를 찾으려는 노력을 했는지 알고 싶었다. 아니었다. 그녀는 서너 번 전화를 걸어, 결코 돌아오지 않겠노라고 단언했단다. 그리고 앞으로 연락하려 하지 말라고 단호히 말하고는 아무 설명도 해주지 않았다. 목소리도 변했다고 했다. 더이상 같은 사람이 아니었다. 매우 차분하고 자신에 찬 목소리여서 그는 무척 당황했단다. 그와 그의 아내는 나이 차가 열다섯 살 가까이 났다. 그녀는 스물두 살이었고, 그는 서른여섯이었다. 그가 그런 사항들을 이야기해감에 따라 나는 그에게서 조심성, 심지어 냉정함 같은 것을 느꼈는데, 아마도 그건 사람들이 말하는 좋은 교육을 받은 결과인지도 몰랐다. 이제 그에게 점점 더 세세한 질문들을 던져야 하는데, 과연 그럴 필요가 있는지 알 수 없었다. 그가 바라는 게 정확히 무엇인가? 아내가 돌아오는 것? 아니면 단순히 그녀가 왜 자신을 떠났는지 아는 것? 어쩌면 그것으로 충분한 게 아닐까? 소파와 낮은 테이블을 제외하면 거실에는 가구가 전혀 없었다. 유리창이 거리 쪽으로 나 있었는데, 차량들이 아무 뜨문뜨문 지나가기 때문에, 아파트가 1층에 있어도 불편할 것은 없었다. 어둠이 깔리고 있었다. 그는 내 오른쪽, 소파 옆에 있는 붉은 갓에 다리가 세 개 달린 램프를 켰다. 불빛 때문에 나는 눈을 깜빡거렸다. 침묵을 더욱더 깊게 만드는 흰빛. 나는 그가 내 질문을 기다리고 있었다고 생각한다. 그는 다리를 꼰 상태였다. 시간을 벌기 위해 나는 상의 안주머니에서 스프링이 달린 수첩과 볼펜을 꺼내 몇 가지 메모를 했다. '그, 36세. 그녀, 22세. 뇌이. 아파트 1층. 가구 없음. 브레트빌 대로를 향한 유리창들. 다니는 차량 없음. 낮은 테이블 위에 잡지 몇 권.' 그는 마치 내가 처방전을 작성하는 의사라도 되는 양, 아무 말 없이 기다렸다.

"부인의 처녀 적 이름은요?"

"들랑크. 자클린 들랑크입니다."

나는 자클린 들랑크의 생년월일과 출생지를 물었다. 또한 그들의 결혼 일자도. 그녀는 운전면허를 가지고 있는가? 일정한 직장이 있는가? 아니란다. 가족이 있는가? 파리에? 아니면 지방에? 수표책은? 그가 우울한 어조로 대답을 했고, 나는 그 모든 사항을 메모했다. 종종 한 인간이 이 지상에 스쳐지나갔음을 입증해주는 유일한 것들을. 언젠가 누군가가 내 글씨처럼 알아보기 힘든 아주 작은 필체로 그것들을 기록한 스프링 수첩을 발견한다면 말이다.

이제 좀더 미묘한 질문들, 당사자에게 허락도 구하지 않고 그 존재의 내밀한 속내까지 들어가게 하는 질문들로 넘어가야 했다. 대체 무슨 권리로?

"당신은 친구들이 있습니까?"

그렇다, 꽤 정기적으로 만나는 사람들이 몇 있단다. 상업학교에서 알게 된 사람들이라 했다. 게다가 그중 몇몇은 장바티스트세 중고등학교의 동창생들이란다. 공동 경영자 자격으로 자네타치 부동산 회사에서 일하기 전에, 그들 중 세 명과 함께 나이트클럽을 차릴 생각도 했다고 한다.

"아직도 거기서 근무하시죠?"

"예, 라 페 가 20번지입니다."

출근할 때의 교통수단은 무엇인가? 무척이나 쓸모없어 보이는 사항이라 할지라도 뭔가 시사하는 바가 있는 법이다. 차로 다닌다 했다. 때때로 자네타치 회사 일로 출장도 다니곤 한단다. 리옹, 보르도, 코트다쥐르, 제네바. 들랑크라는 이름으로 태어난 자클린 슈로는 뇌이에 혼자 남아 있었나? 몇 번인가 출장을 갈 때 코트다쥐르로 그녀를 데리고 갔었단다. 혼자 있을 때 그녀는 무엇을 하며 소일했는가? 슈로의 아내이자 처녀 때 이름이 들랑크였던 자클린이 자취를 감춘 것에 관해서, 그에게 정보를 주거나 아주 작은 단서라도 제공할 수 있는 사람이 정녕 아무도 없단 말인가? "모르겠습니다. 울적한 날에 마음을 터놓을 친구가 있었는지……" 아니, 그녀는 결코 아무에게도 속마음을 털어놓지 않을 것이다. 종종 그녀는 그의 친구들의 상상력 부족을 나무랐다고 한다. 그녀가 그들 모두보다 열다섯 살 가까이 어리다는 사실을 염두에 두어야 할 것이다.

다음으로 나는 미리부터 날 짓누르고 있었고, 어쩔 수 없이 그에게 던져야 하는 질문으로 넘어갔다.

"그녀에게 애인이 있다고 생각하십니까?"

내 목소리의 톤이 내가 느끼기에도 약간 난폭하고 바보 같았다. 하지만 다 그런 법이다. 그는 눈살을 찌푸렸다.

"아니요."

그는 머뭇거리며, 내가 용기를 북돋아주기를 기대하거나 뭔가 할말을 찾는 듯 내 눈을 똑바로 응시했다. 어느 날 저녁인가, 예전 상업학교 친구들 중 하나가 그들보다 약간 나이가 많은 기 드 베르라는 사람과 함께 저녁식사를 하러 왔다고 했다. 그 기 드 베르라는 사람은 신비술에 흠뻑 빠져 있었고, 그런 주제에 관한 책 몇 권을 가져다주겠노라고 했단다. 그의 아내도 몇 번 모임에 참석했고, 심지어 기 드 베르가 정기적으로 여는 학술회의 같은 자리에도 갔다고 했다. 그 자신은 자네타치 사무실에 일이 너무 많아 그녀와 함께 갈 수가 없었단다. 그의 아내는 그런 모임과 학술회의에 흥미를 보였고 그에게 종종 그 얘기를 했지만, 그는 대체 그게 무슨 얘기인지 잘 이해하지 못했다고 했다. 기 드 베르가 그에게 권한 책들 중에서 그녀는 자신이 보기에 가장 쉬운 책을 한 권 빌렸다. 책 제목은 『잃어버린 지평들』이었다. 아내가 사라진 후 기 드 베르와 접촉은 해보았는가? 그렇다, 그 사람에게 여러 번 전화를 했는데, 그도 아무것도 모르고 있더란다. “확실합니까?” 그는 어깨를 으쓱하고는 지친 눈길로 나를 바라보았다. 기 드 베르가 어찌나 말을 잘 얼버무리는지, 그 사람에게서 어떠한 정보도 얻어내지 못하리라는 걸 눈치챘단다. 그 사람의 정확한 이름과 주소는? 그는 모른다 했다. 전화번호부에도 없었다.

나는 그에게 던질 다른 질문거리들을 찾았다. 우리 사이에 침묵이 흘렀지만, 그는 거북해하는 것 같지는 않았다. 소파에 나란히 앉아 있으니, 마치 치과나 병원 대기실에 있는 것 같았다. 장식 없는 하얀 벽들. 소파 위쪽에 걸린 여인의 초상화 한 점. 하마터면 나는 낮은 테이블 위에 놓인 잡지들 중 하나를 집어들 뻔했다. 공허한 느낌이 나를 사로잡았다. 그 순간 처녀 시절 이름이 들랑크였던 자클린 슈로의 부재가 확 느껴지면서, 그 부재가 나에게 결정적으로 보였다는 점을 말해야겠다. 하지만 처음부터 비관적일 필요는 없었다. 게다가 거실은 그 여자가 있었을 때에도 텅 빈 느낌을 주지 않았을까? 그들이 여기서 저녁식사를 했을까? 그래, 아마도 접었다가 펼쳐놓는 브리지 게임 테이블에서 했을 것이다. 나는 그녀가 충동적으로 가출하느라 혹시 소지품 같은 것들을 남겨두지는 않았는지 알고 싶었다. 아니었다. 그녀는 자신의 옷가지 전부와 기 드 베르가 빌려준 몇 권의 책을 암홍색 가죽 가방에 넣어가지고 갔다는 것이다. 그곳에 그녀의 흔적은 조금도 남아 있지 않았다. 심지어 그녀의 모습이 찍힌 사진들—휴가 때 찍은 몇 장 되지 않는—까지도 자취를 감추었다고 했다. 그날 저녁 그는 혼자 아파트에서 자신이 정녕 자클린 들랑크와 결혼을 했는지 궁금해했다고 한다. 모든 것이 꿈이 아니라는 유일한 증거는 결혼식 후 그들이 건네받은 가족증명서였다. 가족증명서. 그는 마치 이제는 그 뜻을 이해하지 못하겠다는 듯, 그 말을 되뇌었다.

내가 아파트의 다른 방들에 가보았지만 아무 소용 없었다. 텅 빈 방들. 텅 빈 벽장들. 그리고 브레트빌 대로로 자동차 한 대가 지나가면서 약간 방해를 받은 침묵. 저녁 시간이 길어질 것 같왔다.

"그녀가 열쇠를 가지고 갔나요?"

그는 아니라고 고개를 저었다. 어느 날 밤 그녀가 돌아왔음을 알리는 자물쇠 따는 소리를 들을 희망조차 없다고 했다. 그리고 그녀가 이제는 전화도 하지 않을 거라고 생각한다고 했다.

"어떻게 그녀를 알게 되었습니까?"

그녀는 여직원 한 명을 대체하기 위해 자네타치에 채용되었다고 했다. 임시직 비서 일이었다. 그는 그녀에게 고객들에게 보내는 편지를 받아 적게 했고, 그렇게 해서 그들은 서로 알게 되었다는 것이다. 그들은 사무실 밖에서도 만났다. 그녀는 자신이 동양어 학교 학생으로 일주일에 두 번 강의를 듣는다고 말했지만, 그는 정확히 그녀가 어느 언어를 공부하는지 알 수는 없었다고 했다. 그녀는 아시아 언어라고만 했다. 그리고 두 달 후 어느 토요일 오전, 그들은 뇌이 시청에서 자네타치 사무실 동료 두 명을 증인으로 삼아 결혼식을 했다. 그에게 하나의 요식 절차에 불과했던 그 결혼식에 다른 사람들은 아무도 참석하지 않았다. 그들은 증인들과 함께 그의 집에서 아주 가까운, 불로뉴 숲 가장자리에 있는 식당으로 점심식사를 하러 갔다. 그 식당은 근처에 있는 승마 연습장 손님들이 자주 찾는 곳이었다고 한다.

그는 나에게 불편한 눈길을 던졌다. 분명 그는 그 결혼식과 관련하여 내게 좀더 풍부한 설명을 하고 싶었을 것이다. 나는 그에게 미소를 지어 보였다. 난 설명이 필요 없었다. 그는 애를 쓰며 마치 물에 몸을 던지듯 말했다.

"아시다시피, 우리는 사람들과 관계를 만들려고 하지요……"

그렇고말고, 나도 이해했다. 이따금 이정표도 없는 넓고 막막한 대지처럼 보이는 이 삶 속에서, 모든 도피선*과 잃어버린 지평들의 한가운데에서, 우리는 더이상 무턱대고 항해한다는 느낌을 받지 않기 위해 지표들을 찾고, 일종의 토지대장 같은 것을 작성하고 싶어한다. 그래서 사람들은 관계의 실을 잣고, 불확실한 만남들을 좀더 안정적으로 만들고자 한다. 나는 잡지 더미에 시선을 고정한 채 입을 다물었다. 낮은 테이블 가운데에 '친자노'라는 글씨가 새겨진 커다란 노란색 재떨이가 있었다. 그리고 '포콜라라여 안녕'이라는 제목의 가제본 책이 놓여 있었다. 자네타치. 장피에르 슈로. 친자노. 자클린 들랑크. 뇌이 시청. 포콜라라. 이 모든 것에서 어떤 의미를 찾아내야 했다.

---

* 펠릭스 가타리와 질 들뢰즈가 사용한 개념으로, 운명의 힘 또는 미래가 그렇게 될 수밖에 없도록 부여한 단단한 선과 그 선 주위, 가족사나 숨겨진 욕망, 몽상 등을 나타내는 부드러운 선, 그리고 마지막으로 미래를 규정하는 것이 아니라 변천을 정의하는 개념이자 통제할 수 없는 과정으로 운명과 반대되는 선인 도피선이 삶의 세 가지 선을 이룬다고 한다.

"그녀는 정말 매력적인 사람이었지요. 그녀를 봤을 때 저는 마치 벼락을 맞은……"

나지막한 소리로 이 말을 꺼낸 즉시 그는 후회하는 듯했다. 그녀가 사라지기 전 며칠 동안, 혹시 그녀에게서 특이한 점을 느끼지는 않았는가? 그렇다, 일상생활에서 그를 점점 더 많이 비난했단다. 그녀 말로는 그건 진정한 삶이 아니라는 것이었다. 그래서 '진정한 삶'이 정확히 뭐냐고 물으면, 그녀는 설명해줘도 모를 거라는 듯, 아무 대답 없이 어깨만 으쓱했다고 한다. 그러고 나면 다시 미소와 상냥함을 되찾고, 자신의 불편한 심기에 대해 거의 사과하다시피 했다는 것이다. 그녀는 체념한 기색으로 솔직히 그게 그리 중요한 건 아니라고 그에게 말했단다. 아마 언젠가는 그도 '진정한 삶'이 무엇인지 깨닫게 될 거라고.

"정말 그녀의 사진이 한 장도 없습니까?"

어느 날 오후, 그들은 센 강변을 산책했다고 한다. 그는 샤틀레에서 지하철을 타고 다시 사무실로 갈 생각이었다. 팔레 대로에서 그들은 작은 즉석사진 촬영소 앞을 지나쳤다. 그녀는 새로운 여권을 만들기 위해 사진이 필요했다. 그는 보도 위에서 그녀를 기다렸다고 한다. 다시 나왔을 때, 그녀는 혹시 잃어버릴까 두렵다면서 그에게 사진을 맡겼다. 사무실로 돌아간 그는 그 사진들을 봉투에 넣고는 뇌이로 돌아올 때 잊고 가지고 오지 않았다고 했다. 그리고 아내가 사라진 후, 그는 그 봉투가 여전히 거기, 자기 사무실 책상 위 행정서류들 사이에 있다는 사실을 알아차렸다는 것이다.

"잠시 기다려주시겠습니까?"

그는 소파에 나를 혼자 내버려두었다. 밤이 되어가고 있었다. 나는 손목시계를 본 뒤, 바늘이 겨우 여섯시 십오 분 전을 가리키고 있는 것을 알고 깜짝 놀랐다. 그보다 훨씬 더 오래 거기에 있은 듯한 느낌이 들었던 것이다.

'자네타치 부동산(프랑스), 파리 1구, 라 페 가 20번지'라고 왼쪽에 인쇄된 회색 봉투 안에 들어 있는 사진 두 장. 한 장은 마치 예전에 경찰서에서 외국인들에게 요구한 것 같은 정면 모습이고, 다른 한 장은 옆모습이었다. 그렇지만 들랑크라는 성姓과 자클린이라는 이름은 프랑스식이었다. 나는 두 장의 사진을 엄지와 검지로 집어들고 말없이 바라보았다. 갈색 머리, 맑은 눈, 옆모습은 너무나 순수해서, 범죄자 인식용 같은 그 사진들을 매력적으로까지 보이게 했다. 두 사진 다 매우 칙칙했고, 범죄자 인식용 사진처럼 차가웠다.

"이 사진들을 잠시 제게 맡겨주시겠습니까?" 내가 그에게 물었다.

"물론이죠."

나는 봉투를 상의 안주머니에 쑤셔넣었다.

더이상 어느 누구의 말도 듣지 않아도 되는 때가 있다. 장피에르 슈로, 그는 자클린 들랑크에 대해 정확히 무엇을 알고 있는가? 별것 없었다. 그들은 고작 일 년 정도 뇌이의 이 아파트 1층에서 함께 살았다. 그들은 이 소파에 나란히 앉았고, 서로 마주보며 저녁식사를 했으며, 가끔은 상업학교와 장바티스트세 중고등학교의 옛 친구들과 함께했다. 누군가의 머릿속에 일어나는 모든 일을 짐작하기에는 그것으로 충분하지 않을까? 그녀는 아직 자기 가족들을 만나고 있는가? 나는 마지막 노력을 기울여 그에게 질문을 던졌다.

"아니요. 그녀에겐 이제 가족이 없습니다."

나는 자리에서 일어났다. 그가 나에게 불안한 시선을 던졌다. 그는 여전히 소파에 앉아 있었다.

"이제 가봐야 할 시간이군요. 늦었습니다." 내가 그에게 말했다.

나는 그에게 미소를 지어 보였지만, 그는 내가 가려는 것에 정말 놀란 듯했다.

"가능한 한 빠른 시일 내에 전화 드리지요. 곧 소식을 전할 수 있었으면 합니다." 내가 그에게 말했다.

그도 조금 전 나를 거실로 안내할 때의 몽유병자 같은 동작으로 자리에서 일어났다. 마지막 질문이 머릿속에 떠올랐다.

"부인이 돈을 가지고 가셨나요?"

"아니요."

"그러면 그렇게 도망친 후 당신에게 전화했을 때, 앞으로 어떻게 살아갈지 아무 말 없었단 말인가요?"

"그렇습니다."

그는 뻣뻣한 걸음걸이로 출입문을 향해 걸었다. 내 질문들에 그는 더 대답할 수 있었을까? 나는 문을 열었다. 그는 몸이 굳은 채 내 뒤에 서 있었다. 뭔지 모를 현기증, 어쩐지 씁쓸한 느낌에 사로잡혔지만, 나는 공격적인 어조로 그에게 말했다.

"혹시 그녀와 함께 늙어가기를 바라셨는지요."

그건 마비 상태와 무력한 상태로부터 그를 깨우기 위함이었을까? 그는 휘둥그레 눈을 뜨고 두려움에 차서 나를 바라보았다. 나는 문턱에 서 있었다. 그에게 다가가 그의 어깨 위에 손을 얹고 말했다.

"주저 말고 저에게 전화하세요. 언제든지요."

그의 얼굴이 풀어졌다. 힘을 내 미소를 짓기도 했다. 다시 문을 닫기 전에 그는 팔을 흔들어 작별인사를 했다. 나는 층계참에 한참 머물렀고, 자동 센서로 켜진 전등이 꺼졌다. 나는 조금 전 그가 앉았던 소파의 그 자리에 홀로 가서 다시 앉는 그의 모습을 상상했다. 그는 기계적인 몸짓으로 낮은 테이블 위에 무더기로 쌓인 잡지들 중 한 권을 집어들겠지.

밖은 어두웠다. 나는 아파트 1층, 날이 선 램프 불빛 아래 있을 그 사람에 관한 생각을 떨쳐내지 못했다. 그는 잠자기 전에 뭐라도 먹으러 갈까? 거기에 부엌이 있는지 궁금했다. 저녁이나 같이 먹자고 청했어야 했다. 어쩌면 내가 질문을 하지 않더라도, 내가 자클린 들랑크의 흔적을 더 빨리 찾을 수 있도록 어떤 말이나 고백을 했을지도 모르는 일이었다. 블레망은 모든 사람, 심지어 아무리 완고한 사람이라 할지라도 '진실을 토해내는' 순간이 있다고 나에게 여러 번 되풀이해 말했다. 그건 그의 일상적인 표현이었다. 그러니 우리는 극도의 인내심을 가지고 그 순간을 기다려야 한다는 것이었다. 물론 그것을 이끌어내려고 노력은 해야 하지만 눈치채지 못하는 방식으로 해야 한다고 했다. 블레망은 "바늘로 살짝 조금씩 찔러대는 것"이라고 말했다. 그러면 상대방은 자신이 고해신부 앞에 있다는 느낌을 받게 마련이라고 했다. 그건 어려운 일이다. 하지만 그게 노련함이다. 나는 포르트 마요에 도착했고, 저녁의 온기 속에서 잠시 걷고 싶었다. 불행히도 새로 산 구두 때문에 발목이 무척 아팠다. 그래서 거리로 나서자 제일 먼저 눈에 띈 카페로 들어가 유리창에 가까운 테이블 하나를 골랐다. 구두끈을 풀고 더 아픈 왼쪽 구두를 벗었다. 종업원이 왔을 때, 나는 초록색 이자라* 한 잔이 내게 마련해줄 잠깐의 망각과 포근함에 저항하지 못했다.

나는 호주머니에서 봉투를 꺼내 두 장의 즉석사진을 한참 동안 들여다보았다. 지금 그녀는 어디 있을까? 나처럼 어느 카페 테이블에 혼자 앉아 있을까? 그가 조금 전 한 말 때문에 그런 생각이 들었는지도 모르겠다. "우리는 사람들과 관계를 만들려고 하지요……" 러시아워 때의 거리, 지하철역에서의 만남. 그 순간 사람들은 서로 수갑으로 묶여야 하리라. 어떤 관계가 당신을 휩쓸어가 표류하게 만드는 그 물결에 저항할까? 임시직 타자수에게 편지를 받아 적게 하는 익명의 사무실, 장식 없는 하얀 벽이 소위 '모델하우스'를 떠올리게 하고 그가 살았던 어떤 흔적도 남기지 않을 뇌이의 1층 아파트…… 정면과 측면을 찍은 즉석사진 두 장…… 그걸 가지고 관계들을 만들어야 할까? 내 조사에 도움을 줄 수 있는 사람이 있었다. 바로 베르놀이었다. 삼 년 전 어느 날 오후를 제외하면 블레망과 일하던 시절 이후로 나는 그를 다시 만나지 못했다. 나는 지하철을 타러 갔고, 노트르담 광

---

* 16종의 허브로 만든 음료로 페퍼민트맛이 나며 도수는 40도 이상이다.

장을 지났다. 그때 노숙자 같은 사람 하나가 파리 시립병원에서 나왔고, 우리는 서로 마주쳤다. 그는 소매가 찢긴 레인코트를 입고 발목 위로 오는 바지를 입었으며, 맨발에 낡은 샌들을 신고 있었다. 면도도 제대로 하지 않았고, 검은 머리칼은 지나치게 길었다. 그렇지만 나는 그를 알아보았다. 베르놀이었다. 나는 말을 걸 요량으로 그를 뒤쫓았다. 하지만 그는 걸음이 빨랐다. 그가 경찰서의 커다란 정문을 지나쳤다. 나는 잠시 망설였다. 그를 따라잡기에는 이미 늦었다. 그래서 나는 그곳 보도에서 그를 기다리기로 했다. 어쨌건 우리는 젊었을 때 함께했으니까.

그는 감색 외투, 플란넬 바지에 끈이 달린 검은색 구두를 신고 같은 문을 통해 나왔다. 더이상 같은 사람이 아니었다. 내가 다가서자 그는 거북해하는 듯 보였다. 면도도 산뜻하게 한 상태였다. 우리들은 아무 말도 하지 않고 강변도로를 따라 걸었다. 조금 떨어진 '솔레유 도르'*에 일단 자리를 잡자, 그는 나에게 털어놓았다. 자신은 아직도 정보 업무로 고용된 상태인데, 아, 대단한 것은 아니고 끄나풀과 첩자 일로, 자기 주변, 그러니까 건물들 앞 으슥한 곳, 벼룩시장, 피갈**, 역 주위와 심지어 라탱 구역 같은 곳

* '황금 태양'이라는 뜻.

** 매춘굴이 있는 파리의 환락가.

에서 벌어지는 일들을 좀더 잘 듣고 보기 위해 노숙자 역할을 한다는 것이었다. 그는 서글픈 미소를 지었다. 사는 곳은 16구의 어느 스튜디오*라고 했다. 그는 나에게 자기 전화번호를 알려주었다. 한순간도 우리는 과거 얘기를 꺼내지 않았다. 그는 옆의 긴 의자 위에 여행 가방을 올려놓고 있었다. 만일 내가 그 안에 들어 있는 것들, 낡은 레인코트, 지나치게 짧은 바지, 샌들 두 짝에 대해 이야기했다면, 그는 무척 놀랐을 것이다.

뇌이에서 슈로를 만나고 돌아온 바로 그날 저녁, 나는 그에게 전화를 걸었다. 우리가 만난 이후, 나는 가끔 내가 필요로 하는 정보를 위해 그에게 도움을 청하곤 했다. 나는 그에게 슈로의 아내, 즉 자클린 들랑크라는 이름의 여자에 관해 상세한 정보 몇 가지를 찾아달라고 부탁했다. 그녀의 생년월일과 뇌이 브레트빌 대로 11번지, 자네타치 부동산 회사 공동 경영자인 장피에르 슈로와의 결혼 일자 외에는 그 여자에 관해 그에게 말해줄 만한 게 없었다. 그는 메모를 했다. "그게 다야?" 그는 실망한 듯했다.

* 원룸 구조의 주거공간.

"이런 사람에 관해선 범죄 기록부에도 아무것도 없을 텐데." 그가 건방진 어조로 말했다. 범죄 기록부라. 나는 뇌이에 있는 슈로 부부의 침실, 직업의식에서라도 잠시 눈길을 주어야 했을 그 방을 머릿속에 그려보려고 했다. 영원히 텅 빈 방, '범죄 기록부'만 남아 있는 침대.

다음 몇 주 동안 슈로는 내게 여러 번 전화를 걸어왔다. 그는 여전히 억양 없는 목소리로 말했고, 시간은 항상 저녁 일곱시였다. 아마 그 시간이면 1층 아파트에 홀로 있다가 누군가에게 말을 하고 싶은 마음이 드는지도 몰랐다. 나는 그에게 참고 기다리라고 했다. 그가 내 말을 더이상 믿지 못하고 점차 아내의 실종을 받아들인다는 느낌이 들었다. 나는 베르놀이 보낸 편지 한 통을 받았다.

친애하는 케슬레,

범죄 기록부에는 아무것도 없었네. 들랑크도 슈로도 말일세.

하지만 우연이란 많은 일을 하지. 내게 맡겨진 9구와 18구 경찰서 일지를 통계화하는 지겨운 작업을 하다보니, 자네를 위한 몇 가지 정보를 찾아낼 수 있었다네.

나는 두 번이나 '자클린 들랑크, 15세'라는 항목을 보게 되었지. 처음은 칠 년 전의 생 조르주 구역 경찰서 일지에서였고, 두번째는 몇 달 뒤 그랑드 카리에르 구역의 일지에서였네. 사유는 '미성년자의 방황'이었어.

나는 레오니에게 호텔들과 관련해서 뭔가 있는지 물어보았지. 이 년 전 자클린 들랑크는 아르마예 가(17구) 8번지의 상레모 호텔과 에투알 가(17구) 13번지의 메트로폴 호텔에서 살았다더군. 생 조르주와 그랑드 카리에르 일지에는 그녀가 라셸 대로(18구) 10번지의 어머니 집에서 살았다고 되어 있었네.

현재 그녀는 14구의 셀스 가 8번지에 있는 사부아 호텔에 살고 있네. 그녀의 어머니는 사 년 전에 사망했고 말이야. 내가 사본 한 부를 보내는데, 퐁텐 앙 솔로뉴(루아르 에 셰르) 시청에 있는 그녀의 출생증명서야. 아버지가 누구인지 알 수 없다는군. 어머니는 물랭루주의 좌석 안내원이었는데, 라 퐁텐 가(16구) 98번지 라 퐁텐 정비소에서 일하는 기 라비뉴라는 남자친구가 있고, 그 사람이 물질적으로 도움을 주었다고 하네. 자클린 들랑크는 일정한 직업은 없는 것으로 보이고.

자, 친애하는 케슬레, 이게 내가 자네를 위해 수집한 정보의 전부일세. 머지않아 자네를 다시 보았으면 하네. 단 내가 일할 때 입는 옷차림이 아닐 때에 한해서 말이야. 내가 노숙자로 변장한 걸 알면 블레망은 무척이나 웃어대겠지. 자네는 좀 덜 그러리라 생각하지만. 난 전혀 웃기지 않네.

힘내게나.

베르놀

이제 남은 일은 장피에르 슈로에게 전화를 걸어 수수께끼가 풀렸다고 말해주는 것뿐이었다. 내가 정확히 어느 순간에 아무 행동도 취하지 않기로 결정했는지 기억을 더듬어보려 한다. 나는 그의 전화번호 처음 몇 자리를 누르다 갑자기 전화를 끊었다. 나는 지난번처럼 오후 막바지에 뇌이의 아파트 1층으로 다시 가, 그와 함께 붉은색 갓이 있는 램프 아래에서 저녁이 되기를 기다려야 한다는 생각에 답답해져 있었다. 항상 내 책상 위 손 닿는 곳에 놓아두는 오래된 지도 '타리드 드 파리'를 펼쳤다. 너무도 자주 보아서인지, 지도는 종종 가장자리 쪽이 찢겼고, 그럴 때면 나는 마치 부상자에게 붕대를 감아주듯, 찢어진 부분 위에 스카치테이프를 붙이곤 했다. '르 콩데.' 뇌이. 에투알 구역. 라셀 대로. 직장 생활을 시작한 이래 처음으로, 나는 거꾸로 거슬러올라가 조사를 해보고픈 욕구를 느꼈다. 그렇다, 나는 자클린 들랑크가 걸어온 길을 거꾸로 가고 있었다. 장피에르 슈로, 그는 더이상 중요하지 않았다. 그는 엑스트라에 불과했다. 그가 검은 수건을 손에 들고 자네타치 사무실 방향으로 영원히 멀어져가는 모습이 보였다. 사실 흥미가 가는 유일한 인물은 자클린 들랑크였다. 내 인생에는 자클린이라는 이름을 가진 사람이 많이 있었다⋯⋯ 그녀가 마지막이 되리라. 나는 사람들이 말하는 것처럼 남북을 가로지르는 노선, 그러니까 라셸 대로를 '르 콩데'와 연결하는 노선의 지하철을 탔다. 역들을 지나치면서, 나는 시간을 거슬러올라가고 있었다. 나는 피갈에서 내렸다. 그리고 그곳에서 가벼운 발걸음으로 대로 가장자리의 평지를 걸었다. 장래 계획이라도 짜면 좋을, 삶이 제로 상태에서 다시 시작되면 좋을, 가을 햇살이 내리쬐는 오후였다. 어쨌든 그녀, 자클린 들랑크의 삶이 시작된 곳은 바로 그 지역이었다⋯⋯ 그녀와 만날 약속이 되어 있는 것만 같았다. 블랑슈 광장에 올라서니, 가슴이 약간 두근거리고 뭉클하며, 심지어 위축되기까지 했다. 그런 기분을 느껴본 지 오래되었다. 나는 점점 더 잰걸음으로 평지를 계속 걸었다. 친근한 이 동네라면 눈을 감고도 걸을 수 있을 것이다. 물랭루주. '르 상글리에 블뢰'⋯⋯ 누가 알까? 아주 오래전 그녀가 우측 보도를 걸어 물랭루주로 어머니를 만나러 갈 때나 혹은 줄페리 중고등학교 하교 시간에 좌측 보도로 걸어갈 때, 나는 자클린 들랑크와 마주쳤었다. 자, 도착했다. 나는 거리 모퉁이의 영화관을 까맣게 잊고 있었다. 영화관의 이름은 '멕시코'였는데, 그런 이름이 붙은 것은 우연이 아니다. 그 이름은 사람들에게 여행, 가출 혹은 도피의 욕구를 불러일으키곤 했다. 또 나는 묘지로 통하는 라셸 대로의 고요함과 평온함도 잊고 있었다. 그러나 묘지에서 사람들은 그런 생각을 하는 게 아니라 쭉 가다보면 벌판이 나오겠거니, 심지어 운만 좋으면 바닷가 산책로에 이르겠거니 하고 생각한다.

나는 10번지 앞에 멈춰 섰고, 잠시 망설이다가 그 건물로 들어갔다. 경비실 유리창을 두드릴까도 했지만, 그만두었다. 무슨 소용이 있으랴. 문의 유리창 중 하나에 붙어 있는 작은 게시물에는 검은색 활자로 세입자들의 이름과 각각의 층수가 적혀 있었다. 나는 상의 안주머니에서 수첩과 볼펜을 꺼내 이름을 적었다.

데이로드 (크리스티안)
디스 (지젤)
뒤퓌 (마르트)
에노 (이베트)
그라비에 (알리스)
마누리 (알빈)

마리스카

반 보스터하우트 (위게트)

자자니 (오데트)

들랑크(주느비에브)라는 이름에 줄이 그어지고 대신 반 보스터하우트(위게트)라는 이름이 쓰여 있었다. 모녀는 6층에 살았었다. 하지만 수첩을 접으며 나는 이 모든 사항들이 내게 아무 도움도 되지 않으리라는 걸 알아차렸다.

바깥으로 나오니, 건물 1층의 '라 리코른'이라는 상호의 포목상 문간에 한 남자가 서 있었다. 내가 고개를 들어 6층을 바라보았을 때, 그가 가냘픈 목소리로 나에게 던지는 말이 들렸다.

"이보세요, 뭘 찾으십니까?"

그에게 주느비에브, 자클린 들랑크에 대해 질문을 던져야 했지만, 난 그가 할 대답이 매우 피상적인 것, 블레망의 말마따나 '겉만 핥는' 사소한 사항들에 불과할 뿐이며 결코 사태의 핵심을 찌르지 못하리라는 걸 알고 있었다. 그저 그의 가냘픈 목소리를 듣고, 그의 가늘고 뾰족한 얼굴, 쌀쌀맞은 눈길을 확인하는 것으로 충분했다. 그렇다, 단순한 밀고자가 줄 '정보' 외에 그에게서 기대할 것은 아무것도 없었다. 아니면 그는 나에게 자신은 주느비에브도 자클린 들랑크도 모른다고 말하리라. 족제비 상의 그 사내와 마주하니 차가운 분노가 치밀었다. 갑자기 나에게 저자는 내가 조사를 하면서 심문했던 소위 모든 증인들을 대표하며, 그들은 자신들이 목격한 것을 어리석음, 악의, 혹은 무관심 때문에 전혀 이해하지 못했던 자들일지도 모른다고 생각되었다. 나는 무거운 걸음으로 걸어가 그의 앞에 턱 섰다. 내 키가 그보다 20센티미터 정도는 더 컸으며, 몸무게는 두 배쯤 되었다.

"건물을 바라볼 권리도 없소?"

그는 쌀쌀맞으면서도 겁에 질린 눈길로 나를 뚫어져라 바라보았다. 더 겁을 주고 싶었다.

그러다가 나는 마음을 가라앉히고, '멕시코' 영화관 맞은편, 거리 입구쯤에 있는 평지의 벤치에 앉았다. 그리고 왼쪽 구두를 벗었다.

햇볕. 나는 생각에 잠겼다. 자클린 들랑크는 나의 신중함을 기대해도 좋았다. 슈로는 사부아 호텔, '르 콩데', 라 퐁텐 정비소, 그리고 아마 수첩에 다음과 같이 언급된 가죽 상의의 갈색 머리 남자 롤랑이라는 사람에 대해 아무것도 알 수 없을 테니까. '루키. 2월 12일 월요일 23시. 루키. 4월 28일 14시. 가죽 상의를 입은 갈색 머리 남자와 함께 있는 루키.' 수첩의 페이지들을 넘겨가며 나는 매번 그녀의 이름에 파란색 연필로 밑줄을 그었고, 낱장으로 된 종이들에 그녀와 관계된 사항들을 모두 옮겨 적었다.

날짜와 함께. 시간도. 하지만 그녀가 불안해할 이유는 전혀 없었다. 다시는 '르 콩데'로 돌아가지 않을 테니까. 사실 나는 운이 좋았다. 두세 번인가 그 카페의 테이블 하나를 차지하고 기다렸지만 그녀가 오지 않았으니 말이다. 만약 왔다면, 나는 몰래 그녀를 훔쳐보느라 불편했을 테고, 그렇다, 내가 하는 일을 수치스러워했을 것이다. 대체 무슨 권리로 우리가 타인의 삶에 불법침입을 하며, 또 얼마나 오만불손하게 그들의 깊은 속마음을 뒤진단 말인가…… 무슨 자격으로? 나는 양말을 벗고 발목을 주물렀다. 통증이 가라앉았다. 어둠이 내렸다. 예전 이 시간쯤으로 짐작되는데, 주느비에브 들랑크는 자기 일터인 물랭루주로 가곤 했다. 그녀의 딸은 혼자 6층에 남았다. 열서너 살쯤의 어느 날 저녁, 어머니가 일하러 간 후, 자클린 들랑크는 아파트 관리인의 주의를 끌지 않으려 무척 조심하면서 건물 밖으로 나갔다. 밖에서 그녀는 거리의 모퉁이를 넘어서지는 않았다. 처음에는 그저 '멕시코' 영화관의 열시 상영 영화에 만족했었다. 그러고 나서 다시 아파트로 돌아가 자동 센서도 켜지 않고 계단을 올라갔고, 가능한 한 살그머니 문을 닫았다. 어느 날 밤, 영화관에서 나온 그녀는 조금 더 멀리, 블랑슈 광장까지 걸었다. 그리고 매일 밤, 조금씩 더 멀리 갔다. 생 조르주 구역과 그랑드 카리에르 구역의 일지에 적힌 대로 미성년자의 방황이었다. 그리고 두 단어가 나에게 묘지 너머 저 아래 콜랭쿠르 다리를 지나 있는 달빛 아래의 풀밭, 마침내 자유로운 공기를 호흡할 수 있는 풀밭을 떠올리게 했다. 그녀의 어머니는 그녀를 데리고 가려고 경찰서에 왔다. 일단 불이 붙자, 아무도 그녀를 막지 못했다. 베르놀이 수집한 몇몇 증거들로 판단컨대, 서쪽으로의 야간 방황이었다. 먼저 에투알 구역, 그리고 좀더 서쪽으로 뇌이와 불로뉴 숲. 하지만 대체 왜 그녀는 슈로와 결혼한 걸까? 그리고 또다시 도피, 하지만 이번에는 마치 강을 건너는 것이 긴박한 위험으로부터 그녀를 보호해주기라도 하듯 강 좌안 쪽으로의 도피였다. 하지만 결혼이라는 것 역시 보호 수단이 아니었던가. 그녀가 참을성을 가지고 뇌이에 머물렀더라면, 사람들은 후일 장피에르 슈로의 아내라는 이름 아래에 경찰 일지에 두 번이나 등장하는 자클린 들랑크라는 이름이 숨어 있다는 것을 잊었을 텐데 말이다.

요컨대 나는 아직도 오래된 내 직업적 반응의 포로였다. 그 반응 때문에 내 동료들은 내가 잠을 자면서도 조사를 계속한다고 말했다. 블레망은 "잠을 자면서도 담배를 피우는 사람"이라고 불렸던 종전 이후의 악당에 나를 비유하곤 했다. 그 사람은 항상 머리맡 탁자 가장자리에 재떨이를 두었는데, 그 재떨이에는 불을 붙인 담배가 있었다. 그는 잠도 토막잠을 자곤 했고, 잠깐 잠을 깰 때에도 재떨이로 팔을 뻗어 담배를 한 모금씩 빨곤 했다.

그리고 그 담배를 다 피우면 몽유병자와 같은 동작으로 다른 담배에 불을 붙였다. 하지만 아침이 되면 아무것도 기억을 못했고 깊은 잠을 잤다고 확신했다. 나 또한 밤이 된 지금, 이 벤치 위에서 내가 여전히 자클린 들랑크의 흔적을 좇는 꿈을 꾸고 있다는 느낌이 든다.

아니, 오히려 불빛이 신호들처럼 반짝이는 이 대로 위에서 나는 그녀의 존재를 느끼고 있다. 그 신호들을 잘 해독할 수 없고, 어떤 세월의 밑바닥에서 그 신호들을 보내는지 알지도 못하면서 말이다. 그 불빛들은 평지의 희미한 빛 때문에 더욱 강렬해 보였다. 강렬하면서도 멀게.

나는 다시 양말을 신고 또다시 왼쪽 구두에 발을 쑤셔넣은 후, 기꺼이 하룻밤을 꼬박 지새울 수도 있었을 그 벤치를 떠났다. 그리고 열다섯 살의 그녀가 잡히기 전에 그랬던 것처럼 평지를 따라 걸었다. 그녀는 언제 어디서 사람들의 주의를 끌었을까?

장피에르 슈로는 결국 지칠 것이다. 나는 몇 번 정도는 그에게 전화를 걸어 모호한 정보들을 줄 것이다. 물론 다 거짓이지만. 파리는 넓어서 누군가로 하여금 그곳에서 길을 잃게 하는 건 쉬운 일이다. 그가 잘못된 길로 갔다는 느낌이 들면, 더이상 그의 전화를 받지 않을 것이다. 자클린은 나를 믿어도 좋았다. 나는 그녀가 완전히 내 손에서 벗어날 수 있는 시간을 주리라.

지금 이 순간, 그녀 역시 이 도시 어딘가를 걷고 있다. 아니면 '르 콩데'의 테이블에 앉아 있거나. 하지만 그녀가 두려워할 건 아무것도 없다. 나는 더이상 약속 장소에 나가지 않을 것이다.

내가 열다섯 살이었을 때, 사람들은 날 열아홉 살로 보았다. 심지어 스무 살로도. 내 이름은 루키가 아니라 자클린이었다. 엄마가 없는 틈을 타 처음 밖으로 나갔을 때, 나는 훨씬 더 어렸다. 엄마는 밤 아홉시에 출근했고 새벽 두시 전에는 돌아오지 않았다. 처음에는 계단에서 관리인을 마주쳤을 경우를 대비해 거짓말도 준비해놓았다. 블랑슈 광장에 있는 약국에 약을 사러 간다고 말하려 했다.

롤랑이 나를 택시에 태워 기 드 베르라는 친구의 집으로 데리고 가던 날 저녁까지, 나는 그 동네로 다시 돌아가지 않았다. 우리는 습관적으로 회합에 참석하는 모든 사람들과 그곳에서 만나기로 약속을 잡곤 했다. 롤랑과 나, 우리는 이제 겨우 서로 알게 된 사이였고, 그래서 나는 그가 블랑슈 광장에서 택시를 세울 때까지 감히 아무 말도 하지 못했다. 그는 함께 걷기를 원했다. 내가 그의 팔을 붙잡았을 때, 그는 눈치채지 못했던 모양이다. 현기증이 일었다. 만일 광장을 가로지른다면, 기절할 것 같다는 느낌이 들었다. 두려웠다. 종종 나에게 '영원한 회귀'에 대해 말해주는 그라면, 아마 이해했을 것이다. 그렇다, 나에게 모든 것이 다시 시작되리라. 마치 그 사람들과의 만남이 핑계에 지나지 않고, 사람들이 롤랑에게 나를 안전하게 거처로 데려다주는 임무를 맡긴 것처럼 말이다.

물랭루주 앞을 지나가지 않아서 나는 안도했다. 그렇지만 엄마는 사 년 전에 돌아가셔서, 이제 나에게 두려울 것은 아무것도 없었다. 엄마가 집에 없는 밤마다 아파트를 빠져나올 때면, 나는 대로 반대편 보도, 그러니까 9구에 속하는 보도로 걸었다. 그 보도에는 불빛이 전혀 없었다. 쥘페리 중고등학교의 캄캄한 건물, 그 뒤로 창문에 불이 꺼진 건물의 벽면들, 식당 하나. 하지만 식당 내부는 언제나 희미한 불빛 속에 놓인 듯했다. 그리고 매번 나는 평지의 건너편, 물랭루주 쪽으로 시선을 던지지 않을 수 없었다. 카페 '팔미에'가 있는 곳에 도착해 블랑슈 광장으로 접어들 때면 마음이 썩 놓이지 않았다. 또다시 불빛들. 약국 앞을 지나치던 밤에, 나는 유리창 너머로 엄마가 다른 손님들과 함께 있는 모습을 보았다. 나는 엄마가 평소보다 일을 좀 빨리 끝냈고, 곧 아파트로 돌아오리라 생각했다. 달려가면 엄마보다 앞서 도착하리라. 나는 엄마가 어느 쪽 길로 갈지 알기 위해 브뤼셀 가 모퉁이에서 지켜보았다. 하지만 엄마는 광장을 가로질러 물랭루주로 되돌아갔다.

종종 나는 겁이 났다. 마음을 진정시키기 위해 기꺼이 엄마를 만나러 가야 했을 테지만, 그랬다간 엄마 일에 방해가 되었을 것이다. 오늘에 와서야 엄마가 날 야단치지는 않았으리라는 확신이 든다. 왜냐하면 그랑드 카리에르 경찰서로 날 찾으러 온 날 밤, 엄마는 나에게 어떤 질책도, 어떤 협박이나 훈계도 하지 않았기 때문이다. 우리는 잠자코 걸었다. 콜랭쿠르 다리 한복판에 이르자 엄마가 무심한 목소리로 "가엾은 내 새끼"라고 하는 소리가 들렸지만, 난 엄마가 나에게 말하는 것인지 아니면 혼잣말을 한 것인지 궁금했다. 엄마는 내가 옷을 벗고 침대에 눕기를 기다렸다가 내 방으로 들어왔다. 엄마는 내 침대 머리맡에 앉아 말없이 있었다. 나도 마찬가지였다. 마침내 엄마가 미소를 지었다. 엄마는 나에게 말했다. "우리가 그리 말이 많지는 않지……" 그리고 내 눈을 똑바로 들여다보았다. 엄마의 시선이 그렇게 오래 내게 머무른 것은 처음이었고, 또 엄마의 눈이 그토록 밝은 회색 혹은 옅은 하늘색이라는 것을 알아차린 것도 처음이었다.

청회색. 엄마는 몸을 숙여 내 뺨에 입을 맞추었다. 아니, 엄마의 입술이 살짝 스치는 것을 느꼈다. 그리고 여전히 그 시선, 맑고도 텅 빈 시선을 나에게 두었다. 엄마는 불을 끄고 문을 닫기 전 나에게 말했다. "다시는 그러지 마라." 우리 사이에 접촉이라는 것이 있었던 것은 그때가 처음이었다고 생각된다. 그토록 짧고 그토록 서툴렀지만 너무도 강렬해서, 그다음 몇 달 동안 내가 엄마를 향한 열정을 보이지 못한 것이 아쉬웠다. 만약 그랬더라면 그런 접촉이 또 일어났을 것이다. 그러나 우리는 둘 다 마음을 쉽게 드러내는 사람이 아니었다. 어쩌면 엄마는 내게 별다른 환상을 품고 있지 않았기 때문에 나를 대할 때 그렇게 무심해 보이는 태도를 취했는지도 모른다. 엄마는 내가 자신을 닮았기 때문에 아마 기대할 게 별로 없다고 생각했던 모양이다.

하지만 당시에는 그런 걸 생각해보지 않았다. 나는 스스로에게 질문을 던지는 일 없이 현재를 살았다. 롤랑이 나로 하여금 내가 회피하던 그 동네로 다시 돌아가게 만든 그날 저녁, 모든 것이 변했다. 나는 엄마가 돌아가신 후로는 그곳에 발도 디디지 않았었다. 택시는 쇼세 당탱 가로 접어들었고, 나는 저 안쪽, 마치 보초를 서는 거대한 독수리 같은 트리니테 성당의 거무스름한 동체를 보았다. 나는 불편했다. 우리는 경계에 다가가고 있었다. 나는 아직 희망이 있다고 생각했다. 어쩌면 우측으로 방향을 바꿀지도 모른다. 하지만 아니었다. 우리는 직진해서 트리니테 광장을 지나치고 언덕길을 올라갔다. 클리시 광장에 이르기 전 빨간 신호등에 걸렸을 때, 나는 하마터면 차문을 열고 도망칠 뻔 했다. 하지만 그에게 그런 짓을 할 수는 없었다.

나중에, 걸어서 아베스 가를 따라 약속 장소인 건물을 향해 갈 때가 되어서야 진정이 되었다. 다행히도, 롤랑은 아무것도 눈치 채지 못했다. 그러자, 우리 둘이서 그 동네를 좀더 오래 걷지 못하는 것이 아쉬워졌다. 그에게 그 동네를 가보게 하고, 거의 육 년 전, 그러나 이제는 다른 삶 속이었던 듯 아득한, 내가 살았던 그 장소를 기꺼이 그에게 보여주고 싶었는데…… 엄마의 죽음 이후, 단 하나의 인연만이 나를 그 시절에 묶어두고 있었다. 엄마의 친구였던 기 라비뉴라는 사람이었다. 나는 그 사람이 우리 집 집세를 내준다는 걸 진작부터 알았다. 아직도 이따금 그를 만난다. 그는 오퇴유에 있는 정비소에서 일하고 있다. 하지만 우리는 과거에 대해서는 거의 이야기하지 않는다. 그는 엄마만큼 말이 없다. 경찰서에 끌려갔을 때, 경찰들은 나에게 질문들을 했고 나는 어쩔 수 없이 대답해야만 했는데, 내가 대답을 한참이나 주저하자 "넌 참 말이 없구나"라고 했다. 행여 엄마와 기 라비뉴가 경찰에 잡혔더라도, 경찰은 두 사람에게 그렇게 말했을 것이다. 난 사람들이 나에게 질문하는 것에 익숙하지 않았다. 심지어 그들이 내 일에 관심을 가지는 것에 놀라기까지 했다. 두번째, 그랑드 카리에르 경찰서에서 나는 지난번보다 더 친절한 경찰의 손에 떨어졌고, 그가 나에게 질문하는 방식을 좋아하게 되었다. 그렇게, 자신의 속을 털어놓고 자신에 관해 말을 하면, 당신 앞에 있는 사람은 당신의 행동과 몸짓에 관심을 갖게 되어 있다. 나는 그런 상황에 별로 익숙하지 못해서 대답할 말을 찾지 못했다. 명확한 질문들을 제외하고 말이다. 예컨대, 학력은 어떻게 됩니까? 콜랭쿠르 가의 생 뱅상 드 폴 수녀회와 앙투아네트 가의 공립학교. 나는 쥘페리 중고등학교에 입학하지 못했다는 사실을 말하기 부끄러웠지만, 크게 심호흡을 하고 그에게 고백했다. 그는 내게 몸을 기울이고는 마치 나를 위로하려는 듯 자상한 목소리로 말했다. "쥘페리 중고등학교로서는 참 안된 일이구나……" 나는 그 말에 깜짝 놀라 웃음부터 나오려고 했다. 그는 미소를 지으며 내 눈을 바라보았는데, 그 눈길은 엄마의 눈길만큼 맑았지만 더 부드럽고 세심했다. 그는 또 내 가족사항을 물어보았다. 나는 자신감이 생겼고, 별 볼 일 없는 몇 가지 정보를 그에게 전하는 데 성공했다. 내 엄마는 물랭루주의 사장 푸크레씨가 땅을 가지고 있는 솔로뉴 마을의 토박이다. 그 덕분에 엄마가 파리로 상경했을 때, 무척 젊은 나이에 물랭루주에 일자리를 구할 수 있었다. 나는 아버지가 누구인지 모른다. 나는 그곳 솔로뉴에서 태어났지만, 우리는 한 번도 그곳으로 돌아간 적이 없다. 그런 까닭에 엄마는 나에게 "우리가 더이상 기댈 곳이 없구나……"라고 말하곤 했다. 그는 내 말을 들었고 가끔 메모를 하기도 했다. 나는 새로운 느낌을 경험했다. 그에게 그 모든 시시콜콜한 일들을 이야기함에 따라 내가 어떤 무거운 짐을 벗어던지는 듯한 느낌을. 그런 건 더이상 나와 상관이 없었고, 내가 다른 사람 이야기하듯 말하는 동안 그가 메모하는 것을 보고 위안을 받았다. 그 모든 것이 명백히 적혔다면, 그건 이름과 날짜가 새겨진 묘비처럼 모든 것이 끝났음을 의미했다. 나는 점점 더 말을 빨리했고, 단어들이 엉켰다. 물랭루주, 엄마, 기 라비뉴, 쥘페리 중고등학교, 솔로뉴…… 전에는 결코 아무에게도 말할 수 없었다. 그 모든 단어들이 내 입 밖으로 빠져나갔을 때의 해방감이란…… 내 생, 나에게 강요되었던 생의 일부가 완결되고 있었다. 앞으로 내 운명은 내가 결정하리라. 오늘부터 모든 것이 시작될 것이며, 내 열정을 잘 간직하도록 그가 방금 적은 것을 지워줬으면 했다. 나는 그에게 다른 사항들, 다른 이름들을 대고, 상상 속의 가족, 내가 꿈꾸었을 가족 이야기를 해줄 준비가 되어 있었다.

새벽 두시경, 엄마가 날 데리러 왔다. 그는 엄마에게 대단한 일은 아니라고 했다. 그는 여전히 자상한 눈길로 나를 바라보았다. '미성년자의 방황', 그들의 기록에 적힌 것은 그랬다. 밖으로 나가니, 택시가 기다리고 있었다. 그가 내 학력에 대해 질문했을 때, 나는 몇 달 동안 그 경찰서와 같은 블록의 약간 떨어진 곳에 있는 학교를 다녔다는 사실을 잊고 말하지 않았다. 내가 교내 식당에 있으면, 엄마는 오후가 다 저물 무렵 나를 데리러 오곤 했다. 간혹 엄마는 늦었고, 그러면 나는 평지에 있는 벤치에 앉아 엄마를 기다렸다. 바로 그곳에서 나는 거리의 양쪽 이름이 서로 다르다는 사실을 알았다. 그리고 그날 밤, 엄마는 역시 학교 아주 가까운 곳으로 날 데리러 왔지만, 이번에는 경찰서였다. 두 개의 이름을 지닌, 내 생에 뭔가 역할을 하려는 듯한 우스꽝스러운 거리……

엄마는 이따금씩 택시미터기를 향해 불안한 시선을 던지곤 했다. 엄마가 운전기사에게 콜랭쿠르 가 모퉁이에서 차를 세우라고 말하고 지갑에서 돈을 꺼냈을 때, 나는 엄마에게 딱 그곳까지의 요금을 지불할 돈밖에 없었음을 알았다. 우리는 남은 길을 걸어갔다. 나는 엄마보다 빨리 걸어서 엄마가 내 뒤를 따라오게 했다. 그러고는 엄마가 내 걸음을 따라잡을 수 있도록 멈춰 서곤 했다. 우리는 묘지를 굽어보며, 저 아래 우리가 사는 건물이 내려다보이는 다리 위에 한참 동안 서 있었고, 나는 엄마가 숨을 다시 고른다는 느낌을 받았다. "넌 너무 빨리 걷는구나." 엄마가 말했다. 오늘, 어떤 생각이 떠오른다. 아마 나는 엄마의 비좁은

삶보다 더 멀리 엄마를 이끌려고 했던 것인지도 모른다. 만약 엄마가 죽지 않았다면, 엄마로 하여금 또다른 지평들을 알게 하는 데 성공했을 거라는 생각이 든다.

그후의 삼사 년은 대개 같은 코스, 같은 길들을 다녔지만 점점 더 멀리 갔다. 처음에는 블랑슈 광장까지 걷지도 않았다. 다닥다닥 붙은 집들을 한 바퀴 도는 것이 고작이었다…… 먼저 내가 사는 건물에서 몇 미터 떨어진 대로 모퉁이에 있는, 밤 열시에 상영이 시작되는 그 작은 영화관. 토요일을 제외하면 영화관은 텅텅 비었다. 영화의 내용은 멕시코와 애리조나 같은 먼 곳에서 벌어지는 일들이었다. 나는 줄거리에는 전혀 신경쓰지 않았고, 오직 풍경에만 흥미를 느꼈다. 영화관을 나설 때면 내 머릿속에서는 애리조나와 클리시 대로의 묘한 혼합이 일어나곤 했다. 반짝이는 간판과 네온의 색깔들은 영화 속 색깔들과 똑같았다. 오렌지색, 에메랄드와 같은 초록색, 밤의 파란색, 모래의 누런색, 지나치게 강렬한 색채들은 내가 여전히 영화 속에 있거나 꿈속에 있다는 느낌을 주었다. 꿈인지 악몽인지는 그때그때 달랐다. 처음에는 악몽이었다. 왜냐하면 난 두려웠고, 감히 훨씬 더 멀리 가지 못했기 때문이다. 그리고 그건 엄마 때문이 아니었다. 설령 내가 자정에 대로에 혼자 있는 모습을 엄마에게 들켰다 해도, 엄마는 한마디의 꾸지람도 하지 않았을 것이다. 엄마는 내가 그렇게 늦은 시간에 밖에 있는 모습을 보고도 전혀 놀랍지 않다는 듯, 차분한 목소리로 나에게 아파트로 돌아가라고 말했을 것이다. 나는 다른 보도, 어두운 쪽 보도로 걸었는데, 그건 엄마가 더 이상 날 위해 아무것도 할 수 없음을 내가 느꼈기 때문이었다고 생각한다.

처음 그들이 날 호송차에 태웠던 곳은 9구, 두에 가 초입에 있는 밤새 문을 여는 그 빵집이었다. 시간은 이미 새벽 한시였다. 나는 높다란 테이블 하나 앞에 서서 크루아상을 먹었다. 그 시간부터 그 빵집에서는 항상 이상한 사람들을 보게 되는데, 종종 그들은 맞은편의 '르 상 수시'*라는 카페에서 오곤 했다. 사복형사 두 명이 검문을 위해 들어왔다. 내겐 신분증이 없었고, 그들은 내 나이를 알고자 했다. 나는 그들에게 사실을 말하는 편을 택했다. 그들은 양가죽 상의를 입은 금발의 키 큰 사내 하나와 나를 호송차에 태웠다. 그 사내는 형사들과 아는 사이처럼 보였다. 어쩌면 그자도 형사들 중 하나인지도. 어느 순간 그가 내게 담배를 권했는데, 사복형사들 중 하나가 막았다. "얘는 너무 어려…… 건강에도 안 좋고." 형사들과 그 사내는 서로 말을 놓고 지내는 것 같았다.

* '무사태평'이라는 뜻.

경찰서 사무실에서 그들은 나에게 성과 이름, 출생 일자와 주소를 물었고, 그 내용을 일지에 기록했다. 나는 그들에게 엄마가 물랭루주에서 일한다고 설명했다. "그러면 당신 어머니에게 전화를 걸어보지요." 두 명의 사복형사 중 한 명이 말했다. 일지에 기록을 하던 형사가 그에게 물랭루주 전화번호를 건네주었다. 그는 내 눈을 똑바로 바라보며 전화번호를 눌렀다. 나는 거북했다. 그가 말했다. "주느비에브 들랑크 부인과 통화할 수 있을까요?" 그는 여전히 딱딱한 눈길로 나를 노려보고 있었고, 나는 시선을 깔았다. 그러고 나서 이런 소리를 들었다. "아뇨…… 굳이 바꿔주시지 않아도 됩니다……" 그는 전화를 끊었다. 그러고 나서 내게 미소를 지어 보였다. 그는 나에게 겁을 주려고 했던 것이다. "이번에는 그냥 넘어가지만, 다음번에는 어쩔 수 없이 당신 어머니에게 알릴 수밖에 없어요." 그가 말했다. 그가 자리에서 일어났고, 우리는 경찰서를 나왔다. 양가죽 상의를 입은 금발머리 사내가 보도에서 기다리고 있었다. 그들은 나를 차 뒷좌석에 타게 했다. "집에 데려다주마." 사복형사가 말했다. 그제야 그는 내게 말을 놓았다. 양가죽 상의의 금발머리는 블랑슈 광장, 약국 앞에서 내렸다. 핸들을 잡은 형사와 또다시 단둘이 남아 차 뒷좌석에 있게 된 것이 기이했다. 그는 아파트 문 앞에 차를 세웠다. "가서 자요. 그리고 다시는 그러지 마요." 그는 다시 내게 말을 높였다. 나는 "고맙습니다" 하고 웅얼거렸던 것 같다. 현관문까지 걸어가 문을 열기 전 돌아섰다. 그는 엔진을 끈 채 내가 아파트 안으로 들어가는 걸 확인이라도 하려는 듯 내게서 눈을 떼지 않았다. 나는 내 방 창문으로 내다보았다. 차는 여전히 서 있었다. 차가 언제까지 거기 서 있을지 궁금해서 이마를 유리창에 대고 기다렸다. 시동 거는 소리가 들린 뒤, 차는 뒤로 돌아 길모퉁이로 사라져갔다. 나는 종종 밤에 나를 사로잡곤 하는, 공포보다도 훨씬 강한 불안감을 느꼈다. 이젠 그 어떤 도움도 받지 못하고 나 자신을 책임져야 한다는 느낌. 엄마도 아무도 없이. 그가 밤새도록 아파트 앞에서 지켜봐줬으면, 밤새도록 그리고 그 이후로도 밤마다 보초처럼, 아니, 나를 지키는 수호천사처럼 지켜봐줬으면 싶었다.

그렇지만 또 어떤 날 밤에는 불안이 사라져서 나는 밖으로 나가기 위해 엄마가 집을 나서기를 초조하게 기다렸다. 마치 약속이나 있는 듯, 나는 두근거리는 가슴을 안고 계단을 내려오곤 했다. 더이상 관리인에게 거짓말을 할 필요도 없었고, 변명거리를 찾거나 허락을 구할 필요도 없었다. 누구에게? 그리고 무엇 때문에? 심지어 아파트로 돌아오게 될지 자신할 수조차 없었다. 나는 밖으로 나가, 어둠의 보도가 아닌 물랭루주 쪽 보도를 따라갔다. 빛들은 '멕시코'에서 본 영화 속 빛보다 더욱 강렬한 것 같았다.

나는 도취, 너무나 가벼운 도취 상태에 빠져들었다…… '르 상수시' 카페에서 처음으로 샴페인 한 잔을 마신 밤에도 그와 비슷한 도취 상태를 겪었다. 내 생은 내 앞에 있었다. 어떻게 내가 벽에 바싹 붙어 웅크릴 수 있었단 말인가? 그리고 무엇이 두렵단 말인가? 나는 사람들과 만남을 가질 것이다. 아무 카페나 들어가기만 하면 된다.

나는 나보다 나이가 조금 많은 자네트 골이라는 아가씨를 알게 되었다. 가벼운 두통으로 고생하던 어느 날 밤, 나는 베가닌과 에테르 한 병을 사기 위해 블랑슈 광장의 약국에 들어갔다. 돈을 내려는 순간, 수중에 돈이 없다는 사실을 깨달았다. 짧은 금발머리에 레인코트를 입었고 나와 눈—초록색 눈—이 마주친 그 아가씨가 카운터로 가더니 내가 내야 할 돈을 내주었다. 나는 난처했고, 어떻게 고맙다는 말을 해야 할지 몰랐다. 그래서 돈을 갚으려고 나와 함께 아파트까지 가자고 했다. 내 머리맡 탁자에는 항상 약간의 돈이 있었다. 그녀가 말했다. "아뇨…… 아니에요…… 다음에." 그녀 역시 그 동네에 살고 있었지만 좀더 아래쪽이었다. 그녀는 미소를 지으며 초록색 눈으로 나를 보았다. 그녀는 자기 집 부근에서 함께 뭘 좀 마시지 않겠느냐고 했고, 그렇게 해서 우리는 라 로슈푸코 가의 어느 카페, 아니 어떤 바에 함께 자리하게 되었다. '르 콩데'와는 전혀 분위기가 달랐다. 벽은 카운터와 테이블들처럼 밝은색 목재로 되어 있었고, 일종의 창문 같은 것이 거리를 향해 나 있었다. 짙은 붉은색 비로드 천으로 된 긴 의자들. 부드럽게 비치는 조명. 바 너머에는 사십대의 금발 여자가 서 있었는데, 자네트 골은 그녀를 잘 아는 듯했다. 쉬잔이라고 부르며 말을 놓았기 때문이다. 그녀는 우리에게 핌스 샴페인 두 잔을 내놓았다.

"건배." 자네트 골이 나에게 말했다. 그녀는 여전히 미소를 띠고 있었고, 나는 그녀의 초록색 눈이 내 머릿속에서 무슨 일이 일어나고 있는지 알아맞히기 위해 그 안을 샅샅이 뒤진다는 인상을 받았다. 그녀가 나에게 물었다.

"이 모퉁이에 사나요?"

"예. 좀더 위쪽요."

내가 모든 경계들, 심지어 눈에 보이지 않는 경계들까지도 잘 알고 있는 그 동네에는 복합적인 구역들이 있었다. 주눅이 들기도 했고 또 그녀에게 뭐라고 말해야 할지 몰라서, 나는 "예, 좀더 위쪽에 살아요. 여기는 첫번째 언덕에 지나지 않잖아요"라고 덧붙였다. 그녀는 눈살을 찌푸렸다. "첫번째 언덕이라고요?" 그녀는 그 말에 의아해했지만 미소를 잃지는 않았다. 핌스 샴페인의 영향이었을까? 나의 소심함이 녹아내렸다. 나는 '첫번째 언덕', 그 동네 학교에 다니는 모든 아이들처럼 나도 배운 그 표현이 무은 뜻인지 그녀에게 설명해주었다. 트리니테 광장에서부터 '첫 번째 언덕'이 시작된다. 언덕은 끊임없이 브루야르 성城과 생 뱅상 묘지까지 오르막으로 이어지고, 그다음에는 가장 북쪽 클리낭쿠르 뒤편까지 내리막이 된다.

"넌 아는 것도 많다." 그녀가 나에게 말했다. 그러면서 그녀의 미소는 빈정거리는 투로 변했다. 그녀가 느닷없이 반말을 했지만, 나는 그것이 자연스럽게 여겨졌다. 그녀는 쉬잔이라는 이름의 여자에게 두 잔 더 달라고 주문했다. 나는 술 마시는 것이 익숙지 않아서 한 잔만으로도 벌써 과했다. 하지만 감히 거부하지는 못했다. 빨리 해치우려고 나는 단숨에 잔을 비워버렸다. 그녀는 여전히 말없이 날 바라보고 있었다.

"너, 공부하니?"

대답하기가 망설여졌다. 대학생이라는 말이 우아하다고 생각했기 때문에, 난 언제나 대학생이 되기를 꿈꾸었다. 하지만 쥘페리 중고등학교에서 날 받아주지 않은 날, 그 꿈은 나에게 도저히 도달할 수 없는 것이 되어버렸다. 샴페인이 자신감을 주어서였을까? 나는 그녀에게 몸을 기울이고, 아마 그녀가 내 말을 더 잘 믿게 하기 위해서였겠지만, 내 얼굴을 그녀의 얼굴 가까이 가져갔다.

"그래요, 대학생이에요."

그 첫 만남에서 나는 우리 주위의 손님들에게는 신경을 쓰지 않았다. '르 콩데'와는 아무 상관 없었다. 몇몇 유령들과 다시 마주치는 게 두렵지 않다면, 나는 내가 어디에서 왔는지 잘 알기 위해 어느 날 밤 기꺼이 그 장소로 되돌아갈 것이다. 하지만 신중해야 한다. 우선 문이 닫혀 있을 우려가 있다. 주인이 바뀌거나. 모든 것이 그리 전망이 밝지 않았다.

"뭘 공부하는데?"

그녀가 내 허를 찔렀다. 순진한 그녀의 시선에 힘을 얻었다. 분명 그녀는 내가 거짓말한다고 생각할 수 없었다.

"동양 언어요."

그녀는 놀란 듯했다. 이후 그녀는 동양어 학습에 관한 자세한 사항들이나 강의 시간표, 학교의 위치에 대해 아무것도 묻지 않았다. 내가 그 어떤 학교에도 다니지 않는다는 사실을 그녀는 분명 알아차렸을 것이다. 하지만 내 생각에 그것은 그녀에게—그리고 나에게도—아무것도 하지 않아도 상속받는 일종의 내가 가진 귀족 작위였다. 그녀는 라 로슈푸코 가의 그 바를 자주 찾는 사람들에게 나를 '대학생'으로 소개했고, 그곳에선 아직도 날 그렇게 기억하고 있을 것이다.

그날 밤, 그녀는 집까지 날 바래다주었다. 이번엔 내가 그녀가 무슨 일을 하는지 알고 싶었다. 그녀는 나에게 자신은 댄서였지만 사고 때문에 일을 그만두었다고 했다. 발레리나? 아니, 전혀 아니라고, 그렇지만 클래식발레 교육을 받기는 했다고 했다. 지금에야 그 자리에선 전혀 머리에 떠오르지 않았을 질문 하나를 나 자신에게 던져본다. 내가 학생이었던 것과 마찬가지로 그녀도 댄서였던 걸까? 우리는 블랑슈 광장 쪽을 향해 퐁텐 가를 걸었다. 그녀는 나에게 '현재는' 자신의 오랜 친구이자 약간은 '큰언니'와도 같은 쉬잔이라는 여자와 '동업'을 하고 있노라 설명했다. 그녀가 그날 밤 날 데리고 간, 레스토랑이기도 한 그곳을 그녀들 둘이서 운영한다는 것이었다.

그녀는 나에게 혼자 사느냐고 물었다. 엄마와 둘이 살아요. 그녀는 엄마의 직업이 무엇인지 알고 싶어했다. 나는 '물랭루주'라는 말은 꺼내지 않았다. 무뚝뚝한 목소리로 그녀에게 대답했다. "공인회계사요." 어쨌든 엄마는 공인회계사가 될 수도 있었다. 공인회계사가 지니는 진지함과 신중함을 지니고 있었으니까.

우리는 현관문 앞에서 헤어졌다. 매일 밤 아파트로 돌아오는 건 즐거운 일이 아니었다. 내가 언젠가는 아파트를 완전히 떠나리라는 걸 알고 있었다. 나는 앞으로 가질 만남들, 나의 고독에 종지부를 찍어줄 만남들에 많은 기대를 하고 있었다. 그 아가씨는 내 첫 만남이었고 아마도 내가 넓은 바다로 나가는 걸 도와줄 것이다.

"내일 만날까요?" 그녀는 내가 묻는 말에 놀란 듯 보였다. 나는 불안을 감추지 못하고 너무나 갑작스럽게 그녀에게 그렇게 물었던 것이다.

"물론. 네가 원한다면……"

그녀는 조금 전 내가 '첫번째 언덕'이 무슨 뜻인지 설명할 때와 똑같은, 부드럽고도 조롱하는 듯한 미소를 띠었다.

내 기억에는 숭숭 구멍이 나 있다. 아니, 차라리 어떤 사항들이 뒤죽박죽되어 떠오른다고 해야 할 것이다. 지난 오 년간, 나는 그 모든 것을 생각하고 싶지 않았다. 택시가 그 거리로 올라가고, '오 녹탕뷜'*, '오 피에로' 등 빛을 발하는 그 간판들을 다시 보는 것으로 충분했다. 이제는 라 로슈푸코 가의 그 장소 이름이 무엇인지도 모른다. '르 루주 클루아트르'? '셰 단테'? '르 캉테'? 그렇다, '르 캉테'였다. '르 콩데'의 손님이라면 아무도 '르 캉테' 같은 곳에는 가지 않았을 것이다. 삶 속에는 건널 수 없는 경계들이 존재한다. 그렇지만 처음 몇 번 '르 콩데'에 갔을 때, 나는 '르 캉테'에서 보았던 손님 하나, 모리스 라파엘이라는 이름에 '재규어'라는 별명으로 불리는 사내를 알아보고 깜짝 놀랐다. 그 남자가 작가라고는 정말이지 짐작조차 할 수 없었다…… 그는

* '몽유병자'라는 뜻.

버린 쇠로 된 창살 너머 카페 안쪽의 작은 방에서 카드놀이나 그 밖의 게임을 하는 사람들과 다를 바가 전혀 없었다…… 나는 그를 알아보았다. 그리고 그는 내 얼굴을 보고도 아무것도 떠올리지 못한다는 것을 느꼈다. 잘된 일이었다. 얼마나 마음이 놓이던지……

나는 자네트 골이 '르 캉테'에서 무슨 역할을 하는지 전혀 이해하지 못했다. 대개 그녀는 주문을 받고 손님들에게 음식을 내다주었다. 손님들 테이블에 앉기도 했다. 그녀는 손님들 대부분을 알고 있었다. 그녀는 나에게 동양식 머리 모양에 무척이나 옷을 잘 차려입은 갈색 머리의 키 큰 사내를 소개해주었다. 아카드라는 사람으로, 공부를 한 분위기를 풍겼고, 그 동네 의사의 아들이었다. 그는 항상 고댕제와 마리오 베라는 친구 두 명을 대동했다. 가끔 그들은 더 나이 많은 사람들과 함께 안쪽의 작은 방에서 카드놀이나 다른 게임들을 했다. 게임은 새벽 다섯시까지 계속되곤 했다. 게임을 하던 사람들 중 하나가 '르 캉테'의 진짜 주인이었다. 짧은 잿빛 머리에 역시 무척 잘 차려입은 오십대의 사내로 태도가 근엄했는데, 자네트는 나에게 그 사람이 '전직 변호사'였다고 말해주었다. 그의 이름이 기억난다. 모셀리니였다. 이따금 그는 자리에서 일어나 바 뒤에 있는 쉬잔에게로 갔다. 어떤 날 밤에는 그가 쉬잔 대신 직접 음료를 내오기도 했다. 마치 그곳이 자기 아파트인 양 그리고 모든 손님들이 자신이 초대한 사람들이라도 되는 양. 그는 자네트를 '내 꼬맹이' 혹은 '해골'이라고 불렀는데, 나는 그 이유를 알지 못했다. 내가 처음 몇 번 '르 캉테'에 갔을 때, 그는 약간 미심쩍은 눈길로 나를 바라보곤 했다. 어느 날 밤 그가 나에게 몇 살이냐고 물었다. 나는 나이가 들었다고, "스물한 살"이라고 대답했다. 그는 눈살을 찌푸리며 나를 관찰했고, 내 말을 믿지 않았다. "확실히 스물한 살인가요?" 나는 점점 더 난처해져서 그에게 내 진짜 나이를 말해주려 했는데, 갑자기 그의 시선에서 엄격한 기운이 싹 사라졌다. 그는 나에게 미소를 지으며 어깨를 으쓱했다. "그럼 뭐, 스물한 살이라고 합시다."

자네트는 마리오 베에게 약했다. 그는 색안경을 끼고 다녔는데, 공연히 그러는 것은 아니었다. 그는 햇빛을 쐬면 눈이 아팠다. 섬세한 손. 처음에 자네트는 그를 피아니스트, 그녀의 말에 따르면 가보나 플레옐에서 콘서트를 하는 피아니스트들 중 하나라고 여겼다. 그는 아카드나 고댕제처럼 삼십대였다. 하지만 피아니스트가 아니라면, 그의 직업은 무엇이었을까? 그 사람과 아카드는 모셀리니와 무척 가까웠다. 자네트 말에 의하면, 그들은 모셀리니가 변호사였을 때 모셀리니와 함께 일했다고 했다. 그 이후에도 여전히 그를 위해 일하고 있었다. 무슨 일이었을까? 자네트는 여러 회사의 일이라고 했다. 하지만 '여러 회사'라는 게 무슨 뜻이었을까? '르 캉테'에서 그들은 우리를 자기들 테이블로 초대했고, 자네트는 아카드가 나에게 반했다고 주장했다. 아마도 자신과 마리오 베의 관계를 돈독히 하기 위해서였는지, 처음부터 내가 아카드와 함께 나가기를 바라는 것 같았다. 나는 오히려 고댕제가 나를 자기 타입으로 생각한다는 인상을 받았다. 그는 아카드처럼 갈색 머리였지만 키가 더 컸다. 자네트는 다른 두 사람보다 그에 대해서는 아는 것이 적었다. 겉으로 보기에 그는 돈이 많고, 차를 가지고 있어서 항상 '르 캉테' 앞에 주차를 하곤 했다. 호텔에 살면서 벨기에에 자주 갔다.

검은 구멍들. 기억 속에 불쑥 튀어나오는 사항들, 세세한 만큼이나 별 의미 없는 사항들. 그는 호텔에 살면서 벨기에에 자주 갔다. 요전날 저녁, 나는 그 바보 같은 문장을 마치 어둠 속에서 스스로를 안심시키기 위해 부르는 자장가의 후렴구처럼 되뇌었다. 그런데 대체 모셀리니는 왜 자네트를 '해골'이라고 불렀을까? 훨씬 더 고통스러운 다른 사항들을 감추고 있는 사항들. 몇 년 후 자네트가 나를 보러 뇌이에 왔던 오후가 생각난다. 장 피에르 슈로와의 결혼식 후 보름쯤 지났을 때였다. 남편이 나보다 나이도 많고 나에게 말을 놓지 않아서겠지만, 나는 남편을 장 피에르 슈로라고 부르는 것 말고는 달리 부를 수가 없었다. 그녀는 내가 하라고 한 대로 세 번 초인종을 눌렀다. 한순간 나는 응답을 하지 않고 싶었지만, 그녀가 내 전화번호와 주소를 알고 있으니 그건 어리석은 짓이었다. 그녀는 빠끔 열린 문틈으로 미끄러져들어왔다. 마치 좀도둑질을 하려고 아파트에 무단침입을 하는 것 같았다. 거실에 들어서자 그녀는 자기 주위로 하얀 벽, 낮은 테이블, 쌓인 잡지 더미, 붉은색 갓이 달린 램프, 소파 위에 걸린 장피에르 슈로 어머니의 초상화로 눈길을 던졌다. 그녀는 아무 말도 없었다. 고개만 끄덕일 뿐이었다. 그녀는 이곳저곳 둘러보기를 좋아했다. 그녀는 장피에르 슈로와 내가 각방을 쓰고 있다는 사실에 놀란 듯 보였다. 내 방에 들어서자, 우리는 둘 다 침대 위에 몸을 뻗고 누웠다.

"그래, 좋은 집안 남자야?" 자네트가 나에게 물었다. 그리고 웃음을 터뜨렸다.

나는 아르마예 가의 호텔에서 만난 이후로 그녀를 다시 만나지 못했었다. 그녀의 웃음에 나는 심기가 불편해졌다. 그녀가 나를 예전으로, '르 캉테' 시절로 다시 데리고 갈까봐 두려웠다. 그렇지만 그 전해 아르마예 가로 날 찾아왔을 때, 그녀는 나에게 다른 사람들과 관계를 끊었다고 알려주었었다.

"정말 젊은 여자 방이구나……"

서랍장 위 검붉은색 가죽 액자 속에 장피에르 슈로의 사진이 들어 있었다. 그녀는 일어나 그 액자 위로 몸을 기울였다.

"잘생긴 사내 축에 드네…… 그런데 너 왜 방을 따로 쓰니?"

그녀는 다시 침대 위 내 옆에 누웠다. 그때 나는 그녀에게 이곳이 아닌 다른 곳에서 그녀를 만나는 게 더 좋겠다고 말했다. 그녀가 장피에르 슈로 앞에서 거북해할까 걱정이 되었다. 게다가 우리끼리 자유롭게 이야기할 수도 없을 것이다.

"내가 다른 사람들하고 같이 널 보러 올까 두렵니?"

그녀는 웃었지만 그 웃음은 조금 전의 웃음보다 덜 솔직했다. 사실이다. 심지어 뇌이에서도 나는 우연히 아카드와 마주칠까봐 두려웠다. 내가 아르마에 가, 그리고 에투알 가의 호텔에서 살 때 그가 내 흔적을 발견하지 못한 것이 놀라웠다.

"안심해…… 그 사람들, 파리를 떠난 지 오래되었어…… 모로코에 가 있어……"

그녀는 날 진정시키려는 듯 내 이마를 어루만졌다.

"'카바쉬드'에서 벌인 파티에 대해 네 남편에게 이야기하지 않았겠지……"

그녀가 한 이 말 속에는 조롱기가 전혀 없었다. 오히려 나는 그녀의 서글픈 목소리에 놀랐다. 아카드와 마리오 베, 그들이 파리 근처의 여인숙 '카바쉬드'로 우리를 데려가 밤을 보낼 때, '파티'라는 용어를 쓴 사람은 색안경을 끼고 피아니스트의 손을 가진 그녀의 친구 마리오 베였다.

"여긴 조용하네…… '카바쉬드'하고는 다르구나…… 너, 기억나니?"

너무도 강렬한 빛줄기 속에서처럼 눈을 감아버리고 싶은 일들. 그러나 요전날 기 드 베르의 친구들과 헤어져 롤랑과 함께 몽마르트르에서 돌아올 때, 나는 눈을 크게 뜨고 있었다. 모든 것이 더 또렷했고 더 선명했다. 강렬한 빛에 눈이 부셨고, 마침내 나는 그 빛에 익숙해졌다. '르 캉테'에서의 어느 날 밤, 나는 입구 가까이에 있는 테이블에서 똑같은 그 빛 속에 자네트와 함께 있었다. 모셀리니 그리고 철책 뒤 안쪽 방에서 카드놀이를 하는 다른 사람들 말고는 이제 아무도 없었다. 엄마는 분명 오래전에 집에 돌아와 있을 것이다. 내가 없는 것을 알고 엄마가 걱정할지 궁금했다. 엄마가 날 찾으러 그랑드 카리에르 경찰서까지 왔던 그날 밤이 거의 그립기까지 했다. 이제는 엄마가 결코 나를 찾으러 오지 않으리라는 예감이 들었다. 너무 멀리 왔다. 불안감이 나를 엄습했고, 그걸 억누르려 했지만, 숨을 쉬는 것조차 힘들었다. 자네트가 자기 얼굴을 내 얼굴 가까이 갖다댔다.

"너무 창백해…… 어디가 안 좋니?"

나는 그녀를 안심시키기 위해 미소를 지으려 했지만, 찡그린 인상을 준다는 느낌이 들었다.

"아니…… 아무것도 아니야……"

밤마다 아파트를 나선 이후, 나는 일시적인 공황 상태에 빠지거나 어느 날 저녁 블랑슈 광장의 약사에게 내가 겪은 것을 설명하려 하자 약사가 말했던 것 같은 '저혈압 상태'에 빠지곤 했다. 말 한마디라도 하려고 할 때마다 그 말이 거짓이거나 하찮은 것으로 여겨졌다. 차라리 침묵을 지키는 편이 더 나았다. 나는 불현듯 거리에서 허무감에 사로잡히곤 했다. 첫번째는 카페 '르 시라노' 다음에 있는 담뱃가게 앞에서였다. 그곳은 지나다니는 사람들이 많았지만, 그래도 마음이 놓이지 않았다. 나는 졸도 직전이었는데, 사람들은 내게는 조금도 주의를 기울이지 않고 앞으로 계속 걸어가기만 했다. 저혈압. 단전斷電. 끈을 다시 잇기 위해 스스로 노력해야 했다. 그날 저녁, 나는 담뱃가게에 들어가 우표, 우편엽서들, 볼펜 한 자루, 담배 한 갑을 달라고 했다. 카운터에 앉아, 우편엽서를 집어들고 글을 쓰기 시작했다. '조금만 더 참아. 곧 나아질 거야.' 나는 담배에 불을 붙였고, 엽서에 우표를 붙였다. 하지만 누구에게 부칠 것인가? 나는 각각의 엽서에 마음이 놓이는 몇 마디 말들을 쓰고 싶었다. '날씨가 좋아. 난 멋진 휴가를 보내고 있어. 너도 모든 일이 잘되길 바라. 곧 만나자. 사랑을 보내며.' 나는 매우 이른 아침 바닷가에 있는 한 카페의 테라스에 앉아 있다. 그리고 친구들에게 엽서를 쓴다.

"기분이 어때? 좀 나아졌니?" 자네트가 나에게 물었다. 그녀의 얼굴이 더욱더 내 얼굴 가까이 다가와 있었다.

"밖에 나가 바람이라도 쐴래?"

거리가 그 정도까지 황량하고 조용해 보인 적은 없었다. 거리는 또다른 시절의 가로등 불빛으로 밝혀져 있었다. 그리고 언덕을 올라가면 몇백 미터 떨어진 곳에서 토요일 저녁의 군중, '세계에서 가장 아름다운 나신들'을 알리는 환히 빛나는 간판들과 물랭루주 앞의 관광버스들을 다시 볼 수 있을 것 같았다…… 나는 그 모든 소란함이 두려웠다. 자네트에게 말했다.

"언덕 중간에서 멈출 수도 있겠지……"

우리는 불빛들이 시작되는 곳, 노트르담 드 로레트 가의 끄트머리에 있는 사거리까지 걸었다. 하지만 그곳에서 뒤로 돌아 반대 방향으로 언덕을 걸었다. 그늘이 있는 쪽으로 언덕을 걸어내려가면서 차츰 나는 마음이 놓이는 것을 느꼈다. 그저 몸이 가는 대로 내버려두기만 하면 되었다. 자네트가 내 팔을 잡고 있었다. 우리는 언덕 거의 아래, 투르 데 담 교차로에 이르렀다. 그녀가 말했다.

"눈 좀 맞아보지 않을래?"

나는 그 말의 정확한 의미를 이해하지 못했지만, '눈'이라는 단어가 날 후려쳤다. 조만간 눈이 내려 우리 주위의 침묵을 더욱

깊게 하리라는 느낌이 들었다. 그러자 눈 속에 사각거리는 우리의 발걸음 소리만 들렸다. 어디선가 시간을 알리는 시계 소리가 들렸고, 이유는 알 수 없지만 나는 자정 미사를 알리는 시계 소리라고 생각했다. 자네트가 나를 이끌었다. 나는 그녀가 이끄는 대로 몸을 맡겼다. 우리는 오말 가를 따라갔는데, 그곳의 건물들은 모두 캄캄했다. 마치 길 양옆이 거리 끝에서 끝까지 똑같은 검은 벽면을 이루고 있다고 여겨질 정도였다.

"내 방으로 가…… 눈을 좀 맞자……"

도착하면 바로 그녀에게 눈을 좀 맞는다는 게 무슨 뜻이냐고 물어보리라. 검은 벽면들 때문에 더 추웠다. 그토록 또렷하게 울리는 우리의 발소리를 듣다니, 혹시 내가 꿈을 꾸고 있던 것은 아닐까?

그후에 나는 종종 혼자서 혹은 그녀와 함께 똑같은 길을 걸었다. 낮 동안 내가 그녀의 방으로 그녀를 만나러 가거나, 우리가 '르 캉테'에 너무 오래 있는 날 밤에 그녀의 방에 들렀다. 라페리에르 가로, 한 굽이를 이루고, 모든 것으로부터 동떨어져 있는 느낌을 주는 첫번째 언덕에 위치한 거리, 그 거리의 한 호텔에 그녀의 방이 있었다. 철망 문이 달린 엘리베이터. 엘리베이터는 느릿느릿 올라갔다. 그녀는 꼭대기 층, 아니, 더 높은 곳에 살았다. 어쩌면 엘리베이터가 멈추지 않을지도 몰랐다. 그녀가 내 귀에 대고 속삭였다.

"알게 될 거야…… 멋질걸…… 눈을 좀 맞자고……"

그녀의 손이 떨리고 있었다. 복도의 희미한 어둠 속에서 그녀는 너무 긴장한 나머지 자물쇠에 열쇠를 꽂아넣지 못했다.

"네가 해…… 해보라고…… 난 못하겠어……"

그녀의 목소리가 점점 더 단속적으로 끊어졌다. 그녀가 열쇠를 떨어뜨렸다. 나는 열쇠를 줍느라 몸을 숙여 바닥을 더듬었다. 마침내 내가 열쇠를 자물쇠에 집어넣었다. 불이 켜져 있었다. 천장 등에서 쏟아져내리는 노란 불빛. 침대는 흐트러져 있고, 커튼은 젖혀져 있었다. 그녀는 침대 가장자리에 앉아 머리맡 탁자에 달린 서랍을 뒤졌다. 그리고 작은 금속 통을 꺼냈다. 그녀는 나에게 자신이 '눈'이라 부르는 하얀 가루를 들이마시라고 했다. 잠시 후, 상쾌하고 가벼운 느낌이 들었다. 거리에서 나를 사로잡았던 불안과 공허감이 다시는 돌아오지 않으리라는 확신이 들었다. 블랑슈 광장의 약사가 나에게 저혈압에 대해 말해준 이후, 나는 뻣뻣하게 굴고 나 자신과 싸우며 나를 통제해야겠다 생각하고 있었다. 어쩔 수 없다, 우리들은 엄격하게 키워졌다. 걷지 않으면 죽음이다. 만일 내가 쓰러진다 해도, 다른 사람들은 클리시 대로를 계속 걸어가리라. 환상을 품지 말아야 했다. 하지만 앞으로는 변하리라. 게다가, 갑자기 그 동네의 거리들과 경계들이 지나치게 좁아 보였다.

클리시 대로의 서점 겸 문방구는 새벽 한시까지 문을 열었다. 마테. 입구에는 단순한 이름이 쓰여 있었다. 주인 이름일까? 나는 갈색 머리에 콧수염을 기르고 줄무늬 모직 상의를 입은 채 항상 자신의 사무용 책상 뒤에 앉아 책을 읽고 있던 그 남자에게 감히 물어보지 못했다. 번번이 우편엽서나 편지지 묶음을 사는 손님들이 들이닥쳐 그의 독서를 방해하곤 했다. 내가 그곳에 갈 때쯤이면 이따금 그 옆에 있는 '미뉘 상송'에서 나온 몇몇 사람 외에 손님이라고는 거의 없었다. 대개 서점에는 그와 나, 우리 둘뿐이었다. 입구에는 항상 똑같은 책들이 전시되어 있었는데, 나는 그 책들이 공상과학소설들이라는 것을 꽤나 빨리 알게 되었다. 그는 나에게 그 책들을 읽어보라고 권했다. 그 책들 중 몇 권의 제목은 지금도 기억한다. 『하늘에 뜬 조약돌』, 『밀항하는 여자』, 『허공의 해적들』. 그중 단 한 권만 간직하고 있다. 『꿈꾸는 수정』.

오른편으로 진열창 가까이에 있는 책장 위에는 점성술에 관한 중고 서적들이 가지런히 놓여 있었다. 나는 그 책들 중 오렌지색 표지가 반쯤 찢긴 책 한 권을 알아보았다. 『무한으로의 여행』이었다. 그 책 역시 아직 가지고 있다. 그걸 사려고 했던 토요일 밤 나는 그 서점의 유일한 손님이었고, 대로의 소란스러운 소리도 들릴 듯 말 듯했다. 진열창 너머로 불을 밝힌 몇 개의 간판이 보였고, 심지어 하얀색과 파란색의 '세계에서 가장 아름다운 나신들' 광고판도 보였지만, 너무도 아득해 보였다…… 나는 앉아서 고개를 숙인 채 책을 읽고 있는 그 남자를 감히 방해하지 못했다. 침묵 속에 십여 분간 그러고 있었을까, 그가 내 쪽으로 고개를 돌렸다. 나는 그에게 책을 내밀었다. 그는 미소를 지었다. "아주 좋아요, 이거. 아주 좋아요…… 『무한으로의 여행』이라……" 내가 책값을 내려고 하자, 그가 팔을 저었다. "아뇨…… 아닙니다…… 이건 그냥 드리지요…… 여행 잘 다녀오시길 바랍니다……"

그렇다. 그 서점은 단순한 피신처가 아니라 내 생의 한 단락이었다. 나는 문을 닫을 때까지 종종 그곳에 머물렀다. 책장 가까이에 의자 하나, 아니, 커다란 발판 같은 것이 하나 있었다. 나는 거기에 앉아 책과 화보집 들을 뒤적였다. 그가 내 존재를 알고 있는지 궁금했다. 며칠 후, 책 읽는 것을 멈추지 않은 채 그는 나에게 여전히 똑같은 말을 했다. "그래, 당신의 행복을 찾으셨나요?" 나중에 누가 나에게 장담하기를, 우리가 기억하지 못하는 유일한 것은 목소리들의 음색이라고 했다. 그렇지만 지금까지도 나는 잠을 이루지 못하는 밤이면 종종 파리 억양의—경사진 길들에서 들을 수 있는—목소리가 나에게 말하는 소리를 듣는다.

"그래, 당신의 행복을 찾으셨나요?" 그리고 그 말은 상냥함과 신비로움을 전혀 잃지 않았다.

밤에 서점에서 나왔을 때, 나는 내가 클리시 대로에 있는 것을 알고 놀랐다. '르 캉테'까지 걸어내려가고 싶은 마음은 그다지 들지 않았다. 발걸음이 나를 위쪽으로 이끌었다. 이제 나는 언덕이나 계단을 올라가는 데서 즐거움을 느꼈다. 내 발걸음을 하나하나 셌다. 숫자가 30에 이르렀을 때, 나는 구원받았다는 것을 알았다. 훨씬 뒤에 기 드 베르는 나에게 삶과 지혜의 비밀을 배우기 위해 티베트의 산들을 기어올라 샹그릴라 수도원으로 향하는 사람들의 이야기를 그린 『잃어버린 지평들』을 읽으라 했다. 하지만 굳이 그렇게 멀리 갈 필요는 없다. 나는 내 밤나들이들을 떠올렸다. 나에겐 콜랭쿠르 가의 언덕만으로 충분했다. 그 위, 브루야르 성 앞에서 나는 생애 처음으로 숨을 들이쉬었다. 어느 날 새벽, 나는 자네트와 함께 '르 캉테'를 빠져나왔다. 우리는 아카드와 마리오 베를 기다렸는데, 그들은 고댕제 그리고 또다른 여자와 함께 우리를 '카바쉬드'로 데려가려 했다. 숨이 막혔다. 그래서 바람을 쐬려고 핑계를 댔다. 나는 달리기 시작했다. 광장의 모든 간판들은 불이 꺼져 있었다. 심지어 물랭루주까지도. 술이나 눈이 결코 내게 주지 못할 도취감이 나를 엄습했다. 나는 언덕을 올라 브루야르 성까지 갔다. 다시는 '르 캉테'의 무리를 만나지 않겠노라 단단히 마음먹었다. 후에 누군가와 다리를 건너갈 때면 나는 똑같은 도취감을 느꼈다. 오직 도망치는 순간에만 온전히 나 자신이었다. 나에게 유일한 좋은 추억은 도피 혹은 가출의 추억뿐이다. 하지만 삶이라는 것이 언제나 다시 우위를 점하곤 했다. 브루야르 산책로에 도달했을 때, 나는 누군가가 나와 이곳에서 만날 약속을 했고 그것이 내게는 새로운 출발이 될 거라고 확신했다. 조금 더 위쪽에 언젠가는 내가 꼭 돌아가고 싶은 거리가 하나 있다. 그날 아침 나는 그 거리를 따라 걸었다. 만나기로 한 곳이 그곳이었다. 하지만 나는 건물의 번지수를 알지 못했다. 그런 것은 전혀 중요하지 않았다. 나는 그곳을 나에게 가르쳐줄 표지를 기다렸다. 저 아래, 거리는 마치 절벽 가장자리까지 이어진 듯 허공에 닿아 있었다. 나는 간혹 꿈에서 우리를 사로잡는 그런 가벼움을 느끼며 앞으로 걸어갔다. 더이상 아무것도 두려워하지 마. 모든 위험은 하찮은 것들이니까. 만약 일이 정말 잘못된다 해도, 깨어나기만 하면 돼. 당신은 무적이야. 나는 저쪽, 하늘의 푸르름과 허공만이 있는 그 끝까지 도달하고 싶어 안달하며 걸었다. 그 어떤 단어가 내 정신 상태를 표현하랴? 나는 극히 빈약한 어휘만을 사용할 뿐이다. 도취? 엑스터시? 황홀? 어쨌든 그 길은 나에게 친숙했다. 옛날에도 그 길을 따라 걸은 것만 같았다. 곧 절벽의 끝에 도달할 것이고 그러면 나는 허공에 뛰어들게 되리라. 공중을 떠다니다가 마침내 내가 항상 추구하던 무중력 상태의 느낌을 알게 된다는 것은 얼마나 대단한 행복인가. 나는 지금도 그날 아침, 그 거리 그리고 그 끝의 하늘을 너무도 또렷이 기억한다.

그러고 나서 삶은 부침浮沈과 함께 계속되었다. 울적한 어느 날, 나는 볼펜으로 기 드 베르가 빌려준 책 『루이즈 뒤 네앙』*의 표지 위 이름을 내 이름으로 바꾸어놓았다. '자클린 뒤 네앙.'

* 장 마야르가 쓴 책으로, 17세기 말 신비주의적 체험 이후 가난한 정신병자들을 돌본 귀족 출신 수녀 루이즈 드 벨레르 뒤 트롱셰의 삶을 기록했다. 네앙은 '무無'라는 뜻이다.

그날 저녁, 우리는 마치 테이블을 돌리는 것 같았다.* 우리는 기 드 베르의 서재에 모였고, 기 드 베르가 등을 꺼놓은 상태였다. 아니면 단순히 정전이었거나. 우리는 어둠 속에서 그의 목소리를 들었다. 다른 때 같으면 불빛 아래에서 읽어주었을 글을 그때에는 암송해주었다. 아니, 내가 틀렸다. 기 드 베르는 그가 하는 일에 대해 내가 '테이블 돌리기'라고 했더라면, 충격을 받았을 것이다. '테이블 돌리기'보다는 더 나았다. 만일 내가 그런 말을 꺼냈더라면, 그는 가볍게 질책하는 투로 나에게 말했을 것이다.

* 테이블 주위에 앉아 그 위에 손을 얹고 신령의 힘에 의해 테이블을 움직이는 영靈기술의 일종.

"이봐요, 롤랑……"

그는 벽난로 위에 있는 촛대의 초에 불을 붙이고 다시 자신의 책상 뒤에 앉았다. 우리들은 그의 맞은편 자리를 차지했다. 우리들이란 그 아가씨, 나 그리고 무척 공을 많이 들인 부르주아 외양의 사십대 부부 한 쌍으로, 나는 그들을 그곳에서 처음 만났다.

내가 그 아가씨 쪽으로 고개를 돌리자 우리의 시선이 마주쳤다. 기 드 베르는 상체를 약간 앞으로 숙인 채 거의 일상적인 대화를 나누는 어조로 계속 말을 했다. 모임을 열 때마다 그는 글을 읽어주었고, 나중에 그 복사본을 우리에게 나누어주곤 했다. 나는 그날 저녁의 복사본을 간직했다. 나도 하나의 지표를 가진 것이다. 그녀는 나에게 자기 전화번호를 알려주었고, 나는 그것을 붉은색 볼펜으로 종이 하단에 받아 적었다.

"최대한의 집중은 자리에 누워 눈을 감은 상태에서 얻어집니다. 아주 사소한 외부의 현현에도, 분산과 산만함이 시작됩니다. 서 있으면 다리가 힘의 일부를 앗아갑니다. 눈을 뜨고 있으면 집중력이 줄어듭니다……"

나는 폭소가 터져나오려는 것을 참기 힘들었다. 그때까지 그런 적이 한 번도 없었기 때문에 그 당시를 잘 기억한다. 하지만 초의 불빛이 그 낭독에 너무도 큰 엄숙함을 던져주고 있었다. 나는 자주 그녀의 시선과 마주쳤다. 겉으로 보기에, 그녀는 웃고 싶은 마음이 없는 듯했다. 오히려 그 반대로 매우 진지했고, 심지어 그 말들의 뜻을 이해하지 못할까 불안한 기색이었다. 결국 그녀는 나에게 그런 진지함을 옮겨주었다. 내가 보인 첫 반응이 부끄러울 정도였다. 만일 내가 웃음을 터뜨렸더라면 어떤 말썽이 일어났을지 감히 상상조차 할 수 없었다. 나는 그녀의 눈길에서 일종의 구원 요청, 질문 같은 것이 엿보인다는 생각이 들었다. 내가 당신들 틈에 낄 자격이 있을까? 기 드 베르가 손깍지를 꼈다. 그의 목소리는 더 진중한 어조를 띠었고, 마치 그녀에게만 말을 하듯 그녀를 뚫어져라 바라보고 있었다. 그녀는 화석이 되어버렸다. 어쩌면 그가 불시에 자신에게 '당신, 난 이 점에 대해 당신의 의견을 듣고 싶군요'라는 식의 질문을 던질까 겁을 집어먹고 있는지도 몰랐다.

불이 다시 들어왔다. 우리들은 그 서재에 잠시 더 머물렀는데, 평상시 자주 있는 일은 아니었다. 모임은 항상 거실에서 열렸고, 열 명 정도의 사람들이 모였다. 그날 저녁 우리는 고작 네 명이었고, 드 베르는 아마 우리의 수가 적어서인지 자기 서재에서 우리를 맞고자 했다. 그리고 그 모임은 자택으로 오거나, 단골일 경우 베가 서점에서 나누어주던 통상적인 초대장 없이, 단순한 약속으로만 이루어졌다. 나는 몇몇 글의 복사본과 함께 그 초대장 몇 장을 간직했고, 어제 그 초대장들 중 한 장이 우연히 내 수

중에 들어왔다.

친애하는 롤랑에게,

1월 16일 목요일 20시에 로벤달 광장(15구) 5번지,

왼쪽 두번째 건물 4층 왼쪽 집에

당신을 모시고자 합니다.

기 드 베르

항상 똑같은 크기의 하얀 초대장, 그리고 칵테일파티나 생일파티와 같은 사교 모임으로 여길 수도 있을 장식 서체.

그날 저녁 그는 아파트 문까지 우리를 배웅했다. 기 드 베르와 처음 온 부부는 우리 둘보다 스무 살 정도 많았다. 네 사람이 타기에는 엘리베이터가 너무 좁아서, 그녀와 나, 우리 둘은 계단으로 내려갔다.

베이지색과 벽돌색 벽의 똑같은 건물들이 늘어선 사유지 통로. 전등 아래로 똑같은 철문들. 똑같이 늘어선 창문들. 철책 문을 열고 나오자, 다시 알렉상드르 카바넬 가의 광장 앞이었다. 나는 부러 그 거리명을 썼다. 왜냐하면 우리의 길이 마주친 곳이 그곳이었기 때문이다. 우리는 서로에게 무슨 말을 할까 궁리하며 광장 가운데에 잠깐 동안 꼼짝 않고 서 있었다. 침묵을 깬 건 나였다.

"이 동네에 사십니까?"

"아뇨, 에투알 쪽이에요."

나는 곧바로 그녀와 헤어지지 않을 핑곗거리를 찾았다. "잠시 함께 걸어도 되겠네요."

우리는 고가선 아래로 그르넬 대로를 따라 걸었다. 그녀는 나에게 에투알로 가는 그 지하철 고가 노선을 따라 걸어가자고 했다. 만일 피로를 느끼게 되면, 언제라도 지하철을 타고 나머지 거리를 갈 수 있다는 것이었다. 분명 일요일 저녁이나 국경일이었을 것이다. 거리에는 차량 통행이 없고 모든 카페들이 문을 닫았다. 어쨌든 내 기억 속에서, 그날 밤 우리는 인적 없는 도시에 있었다. 지금 생각해보면, 우리의 만남이 나에게는 삶 속에 그 어떤 정박지도 갖지 못한 두 사람의 만남처럼 여겨진다. 이 세상에 우리 둘뿐이었다고 생각된다.

"기 드 베르를 안 지 오래되었나요?" 내가 그녀에게 물었다.

"아니요, 올해 초에 친구를 통해 알게 되었어요. 당신은요?"

"나는 베가 서점을 통해 알았죠."

그녀는 유리창에 파란색 글씨로 '오리엔탈리즘과 비교 종교'라고 써붙인, 생제르맹 대로에 있는 그 서점의 존재를 모르고 있었다. 내가 기 드 베르에 대한 이야기를 처음 들은 곳도 바로 그곳이었다. 어느 날 저녁, 서점 주인이 나에게 모임에 참석해도 된다고 말하며 그 초대장들 중 하나를 건네주었다. "꼭 당신 같은 사람들을 위한 모임이에요." 나는 '당신 같은 사람들'이 무슨 의미인지 그에게 묻고 싶었다. 그는 꽤 친절하게 나를 대했으니 분명 깔보는 것은 아니었다. 심지어 기 드 베르에게 나를 '추천'해주겠노라고 하기도 했다.

"베가 서점이 좋은가요?"

그녀는 비꼬는 투로 나에게 이 질문을 했다. 하지만 그런 느낌이 든 것은 아마도 그녀의 파리 억양 때문이었을 것이다.

"거기엔 흥미로운 책들이 많죠. 언제 그곳에 당신을 데리고 가죠."

나는 그녀가 무슨 책들을 읽는지, 무엇이 그녀를 기 드 베르의 모임으로 이끌었는지 알고 싶었다. 기 드 베르가 자신에게 제일 먼저 권한 책은 『잃어버린 지평들』이라 했다. 자신은 무척 주의 깊게 그 책을 읽었단다. 지난 모임에서는 자기가 다른 사람들보다 먼저 도착해서, 기 드 베르가 서재로 들어오게 했다고 한다. 그는 두 면의 벽을 온통 차지하고 있는 서가에서 그녀에게 빌려줄 다른 책을 찾았다. 그러다가 잠시 후, 갑자기 무슨 생각이 떠오른 듯 책상 쪽으로 가서 무질서하게 쌓인 서류들과 편지들 사이에 있던 책 한 권을 집어들었다는 것이다. 그는 그녀에게 말했다. "이걸 읽으셔도 되겠어요. 당신이 이 책을 어떻게 생각할지 궁금하군요." 자신은 무척 겁이 났었단다. 드 베르는 항상 다른 사람들이 자신만큼 지적이고 교양 있는 사람들인 양 말을 건넸다. 언제까지? 결국 그는 사람들이 그 정도 수준에 이르지 않았다는 걸 깨닫게 될 것이다. 그날 저녁 그가 그녀에게 준 책은 『루이즈 뒤 네앙』이었다. 아니요, 난 그 책을 몰랐어요. 그 책은 수녀 루이즈 뒤 네앙의 이야기로, 그녀가 쓴 편지들도 모두 들어 있었다. 그녀는 차례대로 읽지 않고 되는대로 책을 펼쳤다. 몇몇 페이지에 무척 감명도 받았다. 『잃어버린 지평들』보다도 더. 드 베르를 알기 전 그녀는 『꿈꾸는 수정』 같은 공상과학소설들을 읽었다. 그리고 점성술 책들도. 얼마나 신기한 우연의 일치인지…… 나 역시, 점성술을 무척 좋아했다.

비르하킴 역에서 나는 그녀가 지하철을 탈지 아니면 계속 걸어서 센 강을 건널지 궁금했다. 우리 머리 위로 일정한 간격을 두고 열차가 지나가는 굉음이 울렸다. 우리는 다리 위로 올라섰다.

내가 그녀에게 말했다. "나도 에투알 쪽에 삽니다. 아마 당신 집에서 그리 멀지 않을 거예요."

그녀는 머뭇거렸다. 아마도 자신을 불편하게 만드는 뭔가를 내게 말하고 싶은 모양이었다.

"사실, 난 결혼했어요…… 뇌이에 있는 남편 집에서 살아요……"

마치 나에게 범죄 사실이라도 고백하는 듯했다.

"결혼하신 지는 오래되었나요?"

"아뇨. 그리 오래는 아니고…… 작년 4월에 했어요……"

우리는 다시 걸었다. 다리 한가운데, 시뉴 산책로로 이어지는 층계참에 이르렀다. 그녀는 계단을 내려갔고, 나는 그녀의 뒤를 따랐다. 그녀는 약속 장소에 가기라도 하듯 계단을 자신에 찬 걸음걸이로 내려갔다. 그녀의 말이 점점 빨라졌다.

"한때 나는 일자리를 구하고 있었어요…… 그러다 우연히 전단지를 보게 되었지요…… 임시직 비서 자리였답니다……"

아래로 내려온 우리는 시뉴 산책로를 따라갔다. 양옆으로 센강과 강변로의 불빛이 보였다. 한밤중에 좌초한 배의 갑판 위에 있는 느낌이 들었다.

"사무실에서 한 남자가 나에게 일을 시켰지요…… 그 남자는 나를 친절하게 대해주었어요…… 나이가 많았죠…… 얼마 후 나에게 결혼하자더군요……"

그녀는 마치 오래전에 소식이 끊겼다가 우연히 길에서 마주친 어린 시절 친구 앞에서 자신을 변명하려는 것 같았다.

"그래, 결혼이 당신 마음에 들던가요?"

마치 내가 어리석은 말을 한 것처럼 어깨를 으쓱했다. 매 순간 나는 그녀가 "이봐요, 나를 잘 알면서……"라고 말하길 기대했다.

아무튼 나는 전생에서 그녀를 알았던 게 틀림없었다.

"그이는 항상 내가 잘되길 바란다고 말하곤 했죠. 그건 사실이에요…… 지금도 내가 잘되길 바라죠…… 조금은 내 아버지인 듯 행세해요……"

나는 그녀가 내 조언을 기다린다고 생각했다. 그녀는 속내 이야기를 하는 것이 익숙지 않은 것 같았다.

"그럼 그 사람은 모임에 한 번도 당신과 함께 오지 않았나요?"

"네. 그이는 일이 너무 많아요."

그녀는 남편의 젊은 시절 친구를 통해 기 드 베르를 알게 되었다고 했다. 그 친구가 뇌이의 그들 부부 집 저녁식사에 드 베르를 데리고 갔다. 그녀는 아무리 사소한 것일지라도 행여 하나라도 잊을까 두려운 듯 눈살을 찌푸린 채 그 모든 일을 나에게 알려주었다.

우리는 산책로의 끝, 자유의 여신상 앞에 도착했다. 오른쪽에 벤치가 하나 있었다. 우리 둘 중 누가 먼저 거기 앉자고 했는지, 아니면 우리가 동시에 같은 생각을 했는지 이제는 알지 못한다. 나는 집에 돌아가야 하지 않느냐고 그녀에게 물었다. 그녀는 기 드 베르의 모임에 참석하고 밤 열한시쯤 캉브론 역 계단 앞에 온 일이 서너 번 된다고 했다. 그리고 매번 뇌이로 돌아가야 한다는 생각만 하면, 일종의 낭패감에 사로잡히곤 한다고 했다. 그렇게 항상 똑같은 노선의 지하철을 할 수 없이 탄다는 것이다. 에투알에서 환승. 사블롱에서 하차……

나는 그녀의 어깨가 내 어깨에 닿는 것을 느꼈다. 그녀는 자신이 기 드 베르를 처음으로 만난 그날 저녁식사 이후, 기 드 베르가 오데옹 쪽의 작은 홀에서 여는 학술회의에 자신을 초대했노라고 말했다. 그날은 '모호한 남프랑스'와 '초록색 빛'을 다루었다고 했다. 홀에서 나온 그녀는 발길 닿는 대로 그 동네를 걸었다. 기 드 베르가 말하는 그 초록색의 투명한 빛 속을 둥둥 부유했다. 오후 다섯시. 대로에는 차량 통행이 많았고, 오데옹 사거리에 이르자 사람들과 몸이 부딪치곤 했다. 그녀가 행인들의 흐름과 반대 방향으로 걷고 있었기 때문이다. 그녀는 그들과 함께 지하철역으로 내려가고 싶어하지 않았다. 인적 없는 길 하나가 뤽상부르 공원 쪽으로 완만한 오르막을 이루고 있었다. 그곳, 언덕길 중간쯤에서 그녀는 어떤 건물 모퉁이에 있는 '르 콩데'라는 카페에 들어갔다. "'르 콩데'를 알아?" 갑자기 그녀가 말을 놓았다. 아니, 나는 '르 콩데'라는 곳을 알지 못했다. 사실대로 말하면, 나는 '에콜'이라는 그 동네를 썩 좋아하지 않았다. 그 동네는 나의 유년 시절, 내가 퇴학당한 중고등학교의 기숙사 그리고 가짜 학생증을 가지고 어쩔 수 없이 가야만 했던 도핀 가 쪽의 대학 식당을 떠올리게 했다. 나는 굶어 죽을 지경이었다. 그후, 그녀는 종종 '르 콩데'로 도피하곤 했단다. 금세 대부분의 단골손님들, 특히 모리스 라파엘과 아르튀르 아다모프인가 하는 작가 두 명을 알게 되었다. 그 사람들 이야기를 내가 들어본 적이 있냐고? 그렇다. 나는 아다모프가 누구인지 알고 있었다. 심지어 생 쥘리앵 르 포브르 근처에서 여러 차례 그를 본 적도 있었다. 불안한 시선. 아니, 겁에 질린 시선이라고 해야 하나. 그는 맨발에 샌들만 신고 다녔다. 그녀는 아다모프의 책은 한 권도 읽어보지 않았다 했다. '르 콩데'에서 그는 몇 번인가 그녀에게 밤에 혼자 걷기 무섭다며 자기 호텔까지 데려다달라고 부탁했다. '르 콩데'에 자주 드나들기 시작하자, 다른 사람들이 그녀에게 별명을 붙여주었다. 그녀의 이름은 자클린이었지만, 그들은 그녀를 루키라고 불렀다. 내가 원한다면 아다모프와 다른 사람들을 소개해주겠노라고 했다. 그리고 영국 가수인 지미 캠벨도. 또 튀니지 친구인 알리 셰리프도. 그렇게 되면 우리는 낮 동안에 '르 콩데'에서 만날 수도 있겠지. 남편이 집을 비울 때면 그녀는 밤에도 그곳에 가곤 했다. 남편은 종종 직장에서 아주 늦게 퇴근했다. 그녀는 나를 향해 고개를 들고 잠시 망설이다가, 자기는 매번 뇌이의 남편에게 돌아가는 것이 점점 더 어려워진다고 말했다. 그녀는 수심에 젖은 듯 보였고, 더이상 한마디도 하지 않았다.

지하철 막차 시각. 차량 안에는 우리뿐이었다. 에투알에서 갈아타기 전에 그녀는 나에게 자기 전화번호를 주었다.

지금도 저녁이면 거리에서 내 이름을 부르는 목소리가 들리는 경우가 있다. 쉰 목소리. 음절마다 약간 끄는 목소리인데, 나는 대뜸 그 목소리를 기억해낸다. 루키의 목소리다. 뒤를 돌아보지만 아무도 없다. 저녁에만 그런 것이 아니라 지금이 도대체 몇 년도인지 잘 알 수 없는 여름 오후 한적한 시간에도 그런다. 모든 것이 예전처럼 다시 시작되리라. 똑같은 낮들, 똑같은 밤들, 똑같은 장소들, 똑같은 만남들. '영원한 회귀.'

종종 나는 꿈속에서도 그 목소리를 듣는다. 모든 것이 너무나 뚜렷해서—아주 사소한 것들까지도—잠에서 깨면 나는 어떻게 그런 일이 가능한지 나 자신에게 묻곤 한다. 요전날 밤, 나는 꿈에서 루키와 나, 우리가 처음 나섰던 바로 그 시간에 기 드 베르의 아파트를 나서고 있었다. 나는 시계를 보았다. 밤 열한시. 1층 창문들 중 하나에는 담쟁이덩굴이 있었다. 내가 철책을 뛰어넘고 캉브론 광장을 가로질러 고가 지하철로 향할 때, 루키의 목소리가 들렸다. 그녀는 나를 불렀다. "롤랑……" 두 번 연이어. 그녀의 목소리에서 비아냥거리는 느낌을 받았다. 처음에 그녀는 본명이 아닌 내 이름을 가지고 나를 놀렸다. 나는 일을 간편히

하기 위해 어디서나 통하는 이름, 성으로도 통할 수 있는 이름을 골랐다. 롤랑, 그것이 편리했다. 그리고 지극히 프랑스적이었다. 내 본명은 너무 이국적이었다. 당시 나는 나에게 쏠리는 관심을 피하곤 했다. "롤랑……" 돌아다보았다. 아무도 없었다. 우리가 서로 무슨 말을 하는지도 모르던 처음 그때처럼, 나는 광장 한가운데에 있었다. 잠에서 깨어나 정말로 1층 창문에 담쟁이덩굴이 있는지 확인하기 위해 나는 기 드 베르의 옛 주소로 찾아가보기로 작정했다. 캉브론까지 가는 지하철을 탔다. 루키가 뇌이의 남편 집으로 돌아갈 때 타던 바로 그 노선이었다. 나는 그녀와 동행했고, 종종 우리는 내가 살던 호텔에서 가까운 아르장틴 역에서 내리곤 했다. 그때마다 그녀는 밤새 내 방에 머물고 싶었겠지만, 억지로라도 뇌이로 돌아가곤 했다…… 그러던 어느 날 밤, 그녀는 아르장틴에 나와 함께 남았다.

아침에 캉브론 광장을 걷자 묘한 느낌이 들었다. 우리가 기 드 베르의 집에 간 건 항상 밤이었던 것이다. 나는 철책 문을 밀면서 그렇게 많은 시간이 흘렀으니 그와 마주칠 가능성은 전혀 없다고 생각했다. 이제 생제르맹 대로에 베가 서점도 없고, 기 드 베르도 파리에 없다. 그리고 루키도. 하지만 1층 창문에는 마치 내 꿈속에서처럼 담쟁이덩굴이 있었다. 그러자 무척 혼란스러웠다. 요전날 밤 그것이 정말 꿈이었을까? 나는 잠시 창문 앞에서 꼼짝도 하지 않았다. 루키의 목소리가 들리길 바랐다. 그녀가 또 한번 나를 부르리라. 아니었다. 아무 소리도 들리지 않았다. 침묵. 하지만 기 드 베르와의 그 시절 이후로 시간이 흘렀다는 느낌은 전혀 들지 않았다. 반대로 그 시간은 어떤 영원 속에 굳어버렸다. 루키와 알게 되었을 때 내가 쓰려고 했던 글이 생각났다. 나는 그 글의 제목을 '중립지대'라고 붙였다. 파리에는 중간지대들, 모든 것의 경계에, 이행중에, 아니, 심지어 보류중에 있는 '노 맨스 랜드 no man's land'가 있었다. 거기서는 일종의 면책특권을 누렸다. 그곳들을 해방구라 부를 수도 있었지만, 중립지대라는 말이 더 정확했다. 어느 날 저녁, '르 콩데'에서 나는 모리스 라파엘에게 의견을 구한 적이 있다. 그는 작가였으니까. 그는 어깨를 으쓱하고는 빈정거리는 미소를 던졌다. "이봐, 그건 자네가 알지…… 자네가 어쩌자는 것인지 이해가 잘 안 되는데…… 그냥 '중립'이라고 하고 더이상 그 얘긴 하지 말자고……" 캉브론 광장, 세귀르와 뒤플렉스 사이의 동네, 지하철 고가로에 이르는 모든 거리들은 중립지대에 속했고, 내가 그곳에서 루키를 만난 것은 우연이 아니었다.

그 글을 나는 잃어버렸다. '르 콩데'의 단골인 자카리아스가 빌려준 타자기로 친 다섯 페이지의 글. 나는 '중립지대의 루키에게'라고 헌사를 썼었다. 그 글에 대해 그녀가 뭐라고 생각했는지 나는 모른다. 그녀가 그 글을 끝까지 읽었을 거라고도 생각되지 않는다. 약간 따분한 글이었고, 중립지대를 구획 짓는 거리들의 이름을 행정구별로 나열한 것이었다. 때로는 주택단지이고 아니면 훨씬 더 방대한 공간. 우리 둘 다 '르 콩데'에 있던 어느 날 오후, 그녀는 막 헌사를 읽고 나서 나에게 이렇게 말했다. "저기 말이야, 롤랑, 네가 말하는 그 동네들에서 각각 일주일씩 살아볼 수도 있겠다……"

내가 호텔방 하나를 얻어 살고 있던 아르장틴 가도 중립지대 안에 들어 있었다. 대체 누가 그곳으로 날 찾아올 수 있겠는가? 내가 그곳에서 마주치는 몇 안 되는 사람들은 분명 호적상으로는 죽은 사람들이었을 것이다. 어느 날인가 신문을 뒤적이다 '부재증명'이라는 제목의 짤막한 '공시公市'란을 보게 되었다. 타리드라는 사람이 삼십 년 전부터 자신의 거처에 나타나지 않고 소식도 없어서, 대법원에서는 그를 '부재자'로 선고했다는 내용이었다. 나는 그 기사를 루키에게 보여주었다. 우리는 아르장틴 가의 내 방에 같이 있었다. 나는 그녀에게 그 사내가 그와 마찬가지로 '부재자'로 공시된 다른 십여 명의 사람들과 함께 이 동네에 사는 걸 확신한다고 말했다. 게다가 내가 사는 호텔 주변 건물들에는 죄다 '가구 구비 아파트'라는 문구들이 나붙어 있었다. 신원 확인을 요구하지 않고 숨을 수 있는 임시 거처들. 그날 우리는 '르 콩데'에서 다른 사람들과 함께 라 우파의 생일을 축하했다. 그들은 우리에게 술을 마시게 했다. 방으로 돌아왔을 때, 우리는 약간 취해 있었다. 나는 창문을 열었다. 그리고 목청껏 큰 소리로 불러댔다. "타리드! 타리드!……" 거리에는 인적이 없었고, 그 이름은 야릇하게 울려퍼졌다. 메아리가 그 이름을 반사시킨다는 느낌까지 들었다. 루키도 내 옆으로 와서 소리쳤다. "타리드!…… 타리드!……" 어린애 같은 장난에 우리는 웃었다. 하지만 나는 그 남자가 나타날 것이고, 우리가 이 거리를 떠도는 모든 부재자들을 다시 소생시킬 거라고 믿게 되었다. 잠시 후, 호텔 야간 경비원이 와서 우리 방문을 두드렸다. 그는 저승에서 들려오는 듯한 목소리로 말했다. "미안하지만 좀 조용히 해주십시오." 우리는 그가 무거운 발걸음으로 계단을 내려가는 소리를 들었다. 그때 나는 그것으로 미루어 야간 경비원 역시 타리드라는 이름의 사내 그리고 아르장틴 가의 모든 가구 구비 아파트가 숨겨주고 있는 사람들과 마찬가지로 부재자라고 결론지었다.

내 방으로 돌아가기 위해 그 거리를 따라갈 때마다 나는 그런 생각을 했다. 루키는 자기 역시 결혼하기 전에 이 동네 약간 북쪽의 아르마에 가와 에투알 가의 두 호텔에서 살았노라고 말해 주었다. 그 시절, 우리는 서로 만나지는 못했으나 분명 서로 스쳐지나갔을 것이다.

그녀가 이제 다시는 남편 집으로 돌아가지 않겠다는 결정을 내린 그날 저녁을 기억한다. 그날 '르 콩데'에서 그녀는 나에게 아다모프와 알리 셰리프를 소개해주었다. 나는 자카리아스가 나에게 빌려준 타자기를 날랐다. 『중립지대』를 쓰고 싶었다.

나는 타자기를 방안의 소나무로 된 작은 탁자 위에 놓았다. 머릿속에는 이미 첫 구절이 떠올라 있었다. '중립지대는 최소한 다음과 같은 이점이 있다. 즉, 그곳은 출발점에 지나지 않으며, 언젠가는 그곳을 떠난다는 것이다.' 타자기 앞에 앉으면 모든 것이 훨씬 복잡해지리라는 걸 난 알고 있었다. 아마도 첫 문장을 지워야 할 것이다. 그리고 다음 문장도. 그렇지만 난 부쩍 용기가 났다.

그녀는 저녁식사를 하러 뇌이로 가야 했지만, 여덟시인데도 여전히 침대에 누워 있었다. 머리맡에 있는 전등도 켜지 않은 상태였다. 결국 내가 시간이 되었노라고 상기시켜주었다.

"무슨 시간?"

목소리의 톤으로 미루어 나는 그녀가 다시는 지하철을 타고 사블롱 역에서 내리지 않으리라는 것을 알았다. 우리 사이에 긴 침묵이 흘렀다. 나는 타자기 앞에 앉아 피아노 치듯 자판을 두드렸다.

"영화관에 가면 어떨까? 그러면 시간도 잘 갈 텐데." 그녀가 나에게 말했다.

그랑드 아르메 대로를 가로질러 가기만 하면 '오블리가도 스튜디오'였다. 그날 저녁, 우리 둘 중 누구도 영화에 관심을 기울이지 않았다. 영화관 안에 관객 수는 많지 않았다고 생각된다. 법원에서 오래전에 '부재자'라고 공표한 몇 사람 정도? 그러면 우리는, 우리는 누구였던가. 나는 이따금씩 그녀를 돌아보았다. 그녀는 스크린을 보는 것이 아니라 고개를 푹 숙이고 생각에 잠겨 있는 듯 보였다. 그녀가 벌떡 일어나 뇌이로 돌아가는 것은 아닐까 겁이 났다. 하지만 아니었다. 그녀는 영화가 끝날 때까지 그대로 있었다.

'오블리가도 스튜디오'에서 나오자, 그녀는 마음이 놓인 듯했다. 그녀는 나에게 이제 남편 집에 돌아가기에는 너무 늦었다고 말했다. 남편은 그날 자기 친구 몇 명을 저녁식사에 초대했다고 했다. 자, 이젠 끝이야. 뇌이에서는 이제 어떤 저녁식사도 없을 터였다.

우리는 곧바로 방으로 돌아오지 않았다. 우리가 서로 다른 시기에 도피했던 그 중립지대를 한참 동안 거닐었다. 그녀는 자기가 살았던 아르마예 가와 에투알 가의 호텔들을 나에게 보여주고 싶어했다. 나는 그녀가 그날 밤 나에게 한 말을 기억해내려고 한다. 하지만 뒤죽박죽이다. 오로지 단편적인 조각들뿐. 그리고 이제 와서 빠져 있거나 내가 잊었을지 모르는 것들을 되찾기에는 너무 늦었다. 아주 어렸을 때 그녀는 자기 어머니를 그리고 어머니와 함께 살던 동네를 떠났다. 그녀의 어머니는 돌아가셨다. 그녀에게는 그 시절에 만난 친구가 한 명 있는데, 지금도 가끔 만나며 이름은 자네트 골이라 했다. 두세 번인가 우리는 아르장틴 가의 내 호텔 옆에 있는 허름한 식당에서 같이 저녁식사를 했다. 금발머리에 초록색 눈의 여자. 루키는 나에게, 풍만한 곡선을 그리는 몸매와 대조적인 야윈 얼굴 때문에 사람들이 그녀를 '해골'이라고 부른다고 말해주었다. 나중에 자네트 골이 셀스 가의 호텔로 그녀를 찾아왔는데, 에테르 냄새가 떠도는 방안에서 그녀들을 발견했던 그날 의문을 품었어야 했다. 그러고 나서 산들바람이 불고 햇볕이 났던 어느 날 오후, 노트르담 사원 맞은편 강변에 있는 고서적상들의 노점에서 나는 책을 보며 두 사람을 기다렸다. 자네트 골은 자신에게 '약간의 눈'을 가져다줄 누군가와 그랑 드그레 가에서 만날 약속이 있다고 했다. 7월인데

'눈'이라는 단어가 그녀를 미소짓게 했다…… 고서적상들의 초록색 노점 중 하나에서 나는 『아름다운 여름』이라는 제목의 포켓판 책을 우연히 보게 되었다. 그렇다. 나에겐 영원한 것처럼 보였으니 아름다운 여름이었다. 그러다 갑자기 강변 건너편 보도에 그녀들의 모습이 보였다. 그녀들은 그랑 드그레 가에서 오는 중이었다. 루키가 팔을 들어 내게 신호를 보냈다. 그녀들은 태양과 정적 속에서 나를 향해 걸어오고 있었다. 종종 내 꿈속에서는 둘 다 그런 모습으로 생 쥘리앵 르 포브르 쪽에서 나타나곤 한다…… 그날 오후 나는 행복했다고 생각된다.

나는 왜 자네트 골에게 '해골'이라는 별명이 붙었는지 이해하지 못했다. 두드러지게 솟은 광대뼈와 그늘진 눈 때문이었을까? 그렇지만 그녀의 얼굴에서 죽음을 연상시키는 것은 아무것도 없었다. 그녀는 아직 젊음이 그 무엇보다 강한 시기였다. 그녀에게는 아무것도—그녀 말대로 불면의 밤이나 눈도—흔적을 남기지 않았다. 얼마 동안이나? 나는 그녀를 경계했어야 했다. 루키는 마치 그녀가 자신의 어둠의 부분인 양 '르 콩데'에도, 기 드 베르의 모임에도 데리고 오지 않았다. 내 앞에서 그녀들이 함께했던 과거의 시간에 대해 이야기를 나누는 걸 딱 한 번 들은 적이 있지만, 그나마 빙 둘러서 한 이야기였다. 나는 그녀들이 비밀을 가지고 있다는 느낌을 받았다. 어느 날—11월의 어느 날 저녁

여섯시, 어둠이 이미 깔려 있었다—마비용 지하철역에서 나와 함께 나올 때, 루키는 '라 페르골라'의 커다란 유리창 너머 테이블에 앉아 있는 누군가를 알아보았다. 그녀는 약간 멈칫했다. 오십대쯤 되었을까, 엄격하게 생긴 얼굴에 착 달라붙은 갈색 머리를 한 남자였다. 거의 우리와 정면으로 마주보다시피 했으니, 그도 우리를 볼 수 있었을 것이다. 하지만 그는 옆 사람과 이야기를 하고 있었던 것 같다. 그녀는 내 팔을 붙잡고 건너편 푸르 가로 이끌었다. 그녀는 이 년 전 자네트 골과 함께 그 사내를 알게 되었다고, 그 사내는 9구에서 레스토랑을 운영한다고 말했다. 자신이 이곳 '리브 고슈'*에서 그를 다시 만나리라고는 전혀 예상하지 못했다고 했다. 그녀는 불안해 보였다. 그녀는 센 강이 낯선 두 도시를 갈라놓는 경계선, 일종의 철의 장막인 양 '리브 고슈'라는 단어를 썼다. 그리고 '라 페르골라'에 앉아 있는 남자는 그 경계선을 넘는 데 성공한 것이었다. 여기, 마비용 사거리에 그가 있다는 사실에 그녀는 신경을 온통 곤두세우고 있었다. 나는 그녀에게 그 남자의 이름을 물었다. 모셀리니라고 했다. 왜 그녀가 그를 피하는지도 물었다. 그녀는 명확하게 대답하지 않았다. 단지 그 사내가 자신에게 나쁜 기억들을 떠올리게 한다고 했다. 그

* 센 강의 좌안을 지칭한다.

녀는 사람들과 관계를 끊을 때 단호해서, 그녀에게 그들은 죽은 사람들이었다. 만일 그 남자가 아직 살아 있고 그녀가 그와 마주칠 위험이 있다면, 동네를 바꾸는 편이 나았다.

나는 그녀를 안심시켰다. '라 페르골라'는 여느 카페와는 달랐고, 그곳의 약간 수상쩍은 손님들은 우리가 걸어가는 면학적이고 보헤미안적인 동네와는 전혀 맞지 않았다. 그녀가 나에게 그 모셀리니라는 사람을 9구에서 알게 되었다고 말했던가? 그래, 그랬다. 이유는 정확히 알 수 없지만, '라 페르골라'는 생 제르맹 데 프레에서 일종의 피갈의 지점과도 같았다. '라 페르골라'를 피하려면 다른 길을 택하기만 하면 되었다. 동네를 바꿀 필요도 없었다.

내가 그녀에게 더 많은 이야기를 하도록 다그쳐야 했지만, 설령 그녀가 대답하려 했어도 무슨 이야기를 할지 나는 대충 알고 있었다…… 모셀리니 같은 사람들, 나중에 어떤 범죄 행위에 빠져들었는지 궁금해지는 그런 사람들이야 내 유년 시절과 청년 시절에 너무나 많이 접해보았기 때문이다. 내 아버지가 그런 부류의 사람들과 종종 함께 있는 모습을 보지 않았던가. 어쨌든 그 모든 시간이 흐른 뒤이니, 나는 모셀리니라는 이름의 사내에 대해 조사를 할 수도 있을 것이다. 하지만 무슨 소용이 있겠는가. 나는 루키에 대해 이미 알고 있거나 추측하는 것 이상의 것은 전혀 알 수 없을 것이다. 우리는 정말 우리가 선택하지도 않았는데 우리 삶의 초입에서 마주치게 되는 단역들에 대해 책임이 있는 걸까? 나는 내 아버지와, 그리고 그와 호텔 로비나 카페의 뒷방에서 나지막한 소리로 이야기를 주고받으며, 나로서는 그 안에 뭐가 들었는지 여전히 알 수 없는 가방들을 나르던 그 모든 그림자들에 대해 책임이 있는 걸까? 그날 저녁, 좋지 않았던 그 마주침이 있었던 후, 우리는 생제르맹 대로를 따라 걸었다. 베가 서점에 들어섰을 때, 그녀는 안도하는 듯했다. 그녀는 기 드 베르가 추천한 몇몇 도서들의 목록을 가지고 있었다. 나는 그 목록을 간직하고 있다. 기 드 베르는 자기 모임에 참석하는 모든 사람들에게 그 목록을 나누어주었다. "한꺼번에 다 읽지 않으셔도 됩니다." 그는 습관처럼 말했다. "차라리 딱 한 권만 골라서 매일 밤 주무시기 전에 한 페이지씩 읽으세요."

『천상의 벗』

『오베를랑의 신神의 친구』

『진주의 노래』

『오로라 기둥』

『빛의 보배의 12구원자들』

『섬세한 기관들 혹은 중심들』

『신비의 장미원』

『일곱번째 계곡』

연한 초록색 표지의 작은 단행본들. 처음에는 아르장틴 가의 내 방에서 루키와 나, 우리 둘이 크게 소리내어 그 책들을 읽기도 했다. 우리가 축 처져 있을 때, 그것은 일종의 훈련이었다. 나는 우리가 똑같은 방식으로 그 책들을 읽지는 않았다고 생각한다. 그녀는 거기서 삶의 어떤 의미를 찾기를 기대했고, 나를 사로잡은 것은 단어들의 울림과 문장들의 음악성이었다. 그날 저녁 베가 서점에서 그녀는 모셀리니라는 사람과 그가 떠올리게 한 나쁜 기억들을 다 잊은 것처럼 보였다. 지금에 와서야 나는 연한 초록색의 단행본들과 루이즈 뒤 네앙의 전기를 읽으며 그녀가 찾던 것이 단지 행동지침만은 아니었다는 것을 깨닫는다. 그녀는 자유로운 공기를 호흡하기 위해 도망하고, 항상 더 멀리 도피하며, 난폭한 방식으로 일상적인 삶과의 관계를 깨고자 했던 것이다. 그리고 때때로 자신이 뒤에 놓아둔 단역들이 자신을 다시 찾아내 책임을 지라고 할지도 모른다는 생각만으로도 공황 상태의 두려움을 보였다. 언젠가 그 협박의 대가들을 피해 그들의 손아귀에서 완전히 벗어나려면 몸을 숨겨야 했다. 저 높은 곳, 정상의 대기 속에. 혹은 먼바다의 대기나. 나는 그걸 잘 이해하고 있었다. 나 역시, 나쁜 기억들과 언젠가는 결정적으로 주먹

감자를 먹일 생각을 하던 유년 시절의 악몽의 형상들을 아직까지도 달고 다녔다.

나는 그녀에게 길을 바꿔 가는 것은 어리석다고 말해주었다. 그리고 결국 그녀를 설득했다. 그후부터 마비용 지하철역에서 나오면 우리는 더이상 '라 페르골라'를 피해가지 않았다. 어느 날 저녁인가, 심지어 나는 그녀를 그 카페 안으로 데리고 들어가기까지 했다. 우리는 카운터 앞에 단단히 버티고 서서 모셀리니를 기다렸다. 그리고 과거의 다른 모든 그림자들도. 나와 함께라면 그녀는 아무것도 두려워하지 않았다. 망령들이 사라지게 하려면 그 눈을 똑바로 바라보는 것보다 더 나은 방법은 없다. 나는 그녀가 다시 자신감을 찾았고, 설령 모셀리니가 나타났다 해도 전혀 흔들리지 않았을 거라고 생각한다. 나는 그녀에게 그런 상황이 되면 나에게 친숙한 이 말을 단호한 목소리로 하라고 조언했다. "아니요…… 제가 아닙니다…… 미안합니다…… 잘못 보셨어요……"

그날 저녁 우리는 모셀리니를 기다렸지만 헛수고였다. 그리고 우리는 유리창 너머 그의 모습을 다시는 보지 못했다.

그녀가 남편 집으로 돌아가지 않은 2월 달에는 눈이 많이 내려서, 아르장틴 가에 있던 우리는 길을 잃어 높은 산에 있는 어느 호텔에 처박혀 있다는 느낌이 들었다. 나는 중립지대에서 사는 것이 어렵다는 것을 깨달았다. 정말이지 중심에 접근하는 것이 더 나았다. 아르장틴 가에서 가장 기이한 것은—나는 그곳과 비슷한 파리의 다른 거리들도 조사했었다—그 거리가 자신이 속한 구와 일치하지 않는다는 것이었다. 그 거리는 어느 것에도 일치하지 않고, 모든 것에서 떨어져나와 있었다. 눈이 수북이 쌓이니, 그 거리의 양쪽이 다 허공으로 이어졌다. 중립지대일 뿐 아니라 파리의 블랙홀인 거리들의 목록을 다시 찾아야 할 것이다. 아니, 차라리 천문학에서 문제가 되는 암흑의 물질, 모든 것을 보이지 않게 하고, 자외선, 적외선, 엑스레이에도 투시가 되지 않는 그 물질의 파편들을. 그렇다, 궁극에 우리는 암흑의 물질에 빨려들어갈 위험에 처해 있었다.

그녀는 남편의 거처와 너무 가까운 동네에 머물기 싫어했다. 지하철로 고작 두 정거장. 그녀는 리브 고슈의 '르 콩데'나 기 드 베르의 아파트 부근에서 호텔을 찾고 있었다. 그렇게 하면, 그녀는 걸어서 다닐 수도 있을 것이다. 나는 내가 유년 시절에 살던 6구 쪽, 센 강 건너편으로 돌아가는 것이 두려웠다. 고통스러웠던 그 많은 기억들…… 하지만 그런 말을 해서 무슨 소용이 있을까. 지금은 사치스러운 물건들을 파는 가게 상인들과 그곳에 아파트를 구매하는 부유한 외국인들에게만 그 구가 존재할 뿐이니까…… 당시만 해도 나는 그곳에서 유년 시절의 잔해들을 발견하곤 했다. 도핀 가의 허름한 호텔들, 교리문답을 하던 창고, 미군 기지에서 도망친 몇몇 탈영병들이 밀거래를 하던 오데옹 사거리의 카페, '베르 갈랑'의 어두컴컴한 층계 그리고 마자린 가의 지저분한 담벼락에 쓰인 문구. 나는 학교에 갈 때마다 그걸 읽었다. "절대 일하지 마시오."

그녀가 조금 더 남쪽, 몽파르나스 쪽에 방 하나를 얻었을 때, 나는 에투알 부근에 그대로 남았다. 리브 고슈에서 망령들과 마주치는 걸 피하고 싶었다. '르 콩데'와 베가 서점을 제외하고, 나는 옛날에 살던 동네에서 오래 지체하고 싶지 않았다.

게다가 돈을 마련해야 했다. 그녀는 아마도 남편이 선물로 주었을 모피 외투를 팔았다. 이제 그녀에게는 겨울을 맞이하기에는 너무 가벼운 레인코트 한 벌밖에 남아 있지 않았다. 그녀는 결혼하기 전에 그랬던 것처럼 구인 광고들을 읽었다. 그리고 때때로 오퇴유에 있는 어머니의 친구, 그녀에게 도움을 주던 정비

업자를 만나러 가곤 했다. 나는 내가 어떤 종류의 일을 하고 있는지 감히 그녀에게 털어놓지 못했다. 하지만 왜 진실을 숨기는가.

내가 사는 호텔이 있는 주택단지에 베로브두앵이라는 사람이 살고 있었다. 정확히 말하면 사이공 가 8번지의 가구가 구비된 집이었다. 나는 종종 그와 마주쳤는데, 우리가 언제 처음 대화를 나누었는지 이제는 기억이 나지 않는다. 곱슬머리에 항상 어느 정도는 공을 들인 옷차림을 하고 사교적인 경망스러움을 내보이는 음험한 유형의 사람이었다. 파리에 눈이 내리던 그해 어느 겨울날 오후, 나는 아르장틴 가의 한 카페 겸 레스토랑의 테이블에 그와 마주앉아 있었다. 그가 나에게 "그래, 당신의 직업은 무엇입니까?"라고 통상적인 질문을 했을 때, 나는 그에게 '글을 쓰려' 한다고 털어놓았다. 나는 그 사람, 베로브두앵의 회사 이름이 무엇인지는 알지 못했다. 그날 오후에 나는 그를 따라 그의 '사무실'—"여기서 아주 가까워요"라고 그는 나에게 말했다—까지 갔다. 우리의 발자국이 눈 속에 흔적을 남겼다. 샬그랭 가까지 곧장 걸어가기만 하면 되었다. 나는 그 베로브두앵이라는 자가 정확히 어디에서 '일하는지' 알기 위해 그해의 낡은 전화번호부를 뒤졌다. 가끔 우리는 생의 몇몇 에피소드들을 떠올리는데, 우리가 꿈을 꾼 것이 아니라는 것을 확신하기 위해서는 증거가 필요한 법이다. 샬그랭 가 14번지. '프랑스 상업 출판사.' 틀림없이 거기였을 것이다. 이제는 그 장소로 가서 건물을 확인할 용기가 나지 않는다. 나는 너무 늙었다. 그날, 그는 나를 자기 사무실까지 올라오게 하지는 않았고, 우리는 다음날 같은 시각, 같은 카페에서 만났다. 그는 나에게 일거리를 제안했다. 그가 외판이나 광고 에이전트를 맡고 있는 회사나 기관 들에 관한 여러 브로슈어에 글을 쓰는 일로, 그 브로슈어들은 그의 출판사에서 인쇄될 터였다. 당시 돈으로 5천 프랑을 주겠다고 했다. 그 글에 서명은 그가 할 예정이었다. 나는 그에게 흑인 노예 역할을 해주면 되었다. 모든 자료는 제공해주겠다고 했다. 그렇게 해서 나는 열 편쯤 되는 짧은 글, 「라 부르불의 미네랄워터」「에메랄드 해안 관광」「바뇰드로른의 호텔과 카지노의 역사」, 그리고 조르단, 셀리그만, 미라보, 드마시 은행들에 대한 논문들을 작업했다. 작업용 책상에 앉을 때마다, 혹시 지겨워서 잠이 들어버리지나 않을까 두려웠다. 그렇지만 그건 꽤 단순한 일이어서, 베로브두앵이 작성한 메모들을 편집하기만 하면 되었다. 그가 처음 프랑스 상업 출판사가 위치한 곳으로 데리고 갔을 때, 나는 놀랐다. 창문도 없는 1층 방 하나였기 때문이다. 하지만 당시 내 나이에는 많은 질문을 던지지 않는 법이다. 우리는 삶을 믿는다. 두세 달 후, 편집장으로부터는 더이상 아무런 소식도 없었다. 그는 나에게 약속한 돈의 절반을 주었고, 그것만으로도 나는 충분하고도 남았다. 어느 날인가는—그럴 힘이 있다면 내일은 왜 안 되겠는가—아마 그해 겨울의 눈과 함께 베로브두앵과 프랑스 상업 출판사가 증발해버린 중립지대 사이공 가와 샬그랭 가로 순례를 떠나야 하리라. 하지만 아니다, 곰곰 생각해보니, 나에겐 진정으로 그럴 용기가 없다. 나는 그 거리들이 아직도 존재하는지 그리고 그 거리들이 암흑의 물질에 의해 영원히 빨려들어가버리지는 않았는지 궁금하다.

나는 봄날 저녁이면 샹젤리제를 걸어서 거슬러올라가는 것이 좋다. 그곳은 이제 진정으로 존재하는 것은 아니지만, 밤이면 아직도 착각을 불러일으킨다. 샹젤리제에 가면, 어쩌면 네가 내 이름을 부르는 소리를 듣게 되지 않을까…… 네가 모피 외투와 동그랗게 연마된 에메랄드를 팔았던 날, 나에겐 베로브두앵이 준 돈 약 2천 프랑이 남아 있었다. 우리는 부자였다. 미래는 우리의 것이었다. 그날 저녁, 너는 친절하게도 에투알 구역으로 나를 찾아왔다. 우리가 '해골'과 함께 강변에 있었고, 너희 두 사람이 나를 향해 다가왔던 그 여름과 똑같은 여름이었다. 우리들은 프랑

수아 1세 가와 마르뵈프 가가 만나는 모퉁이에 있는 레스토랑에 갔다. 레스토랑에서는 테이블들을 보도에 내놓았다. 아직 해가 기울지 않았었다. 더이상 차량 통행도 없고 사람들이 중얼거리는 소리와 발걸음 소리만 들렸다. 열시경, 우리가 샹젤리제를 걸어내려올 때 행여 어둠이 내릴까, 러시아와 북구 나라들에서처럼 백야가 되지는 않을까, 나는 궁금했다. 우리는 뚜렷한 목적지 없이 걸었고, 우리 앞에는 밤 전체가 고스란히 있었다. 리볼리 가의 아케이드 아래에 아직 태양의 흔적들이 남아 있었다. 초여름이었고, 우리들은 곧 떠날 예정이었다. 어디로? 그건 우리도 아직 알지 못했다. 마요르카가 될 수도 있고 아니면 멕시코일 수도 있었다. 어쩌면 런던이나 로마일지도. 장소는 더이상 전혀 중요하지 않았고, 서로 뒤섞였다. 우리 여행의 유일한 목적은 '여름의 중심', 시간이 멈추고 시곗바늘이 영원히 똑같은 시작, 정오를 가리키는 곳으로 가는 것이었다.

팔레루아얄에 이르자 어둠이 내렸다. 우리는 잠시 '뤽 위니베르'의 테라스에서 멈췄다가, 다시 걸었다. 리볼리 가를 따라 생폴에 이르기까지 개 한 마리가 우리를 따라왔다. 그러더니 교회 안으로 들어가버렸다. 우리는 전혀 피로를 느끼지 않았고, 루키는 나에게 밤새도록 걸을 수도 있겠다고 말했다. 아르스날 바로 앞에서 우리는 중립지대, 사람이 사는지 묻게 되는 몇몇 한적한 거리를 가로질렀다. 어떤 건물 2층에 불이 환히 밝혀져 있는 것이 보였다. 우리는 그 앞의 벤치에 앉았고, 불 켜진 창을 바라보지 않을 수 없었다. 안쪽 깊숙한 곳에 있는, 붉은 갓이 달린 전등이 그 말없는 빛을 퍼뜨리고 있었다. 왼쪽 벽 위로 금박 테두리가 있는 거울이 보였다. 나머지 벽들에는 아무것도 없었다. 나는 창문 너머로 혹시나 어떤 실루엣이 스쳐가지 않을지 엿보았지만, 아니었다, 응접실인지 침실인지 알 수 없는 그 방에는 분명 아무도 없었다.

"아파트 문에 가서 초인종을 눌러야 할까봐. 난 틀림없이 누군가가 우리를 기다리고 있다고 생각해." 루키가 나에게 말했다.

벤치는 두 길이 교차하면서 만들어진 일종의 평지 중심부에 있었다. 여러 해가 지난 후, 나는 택시를 타고 강변 방향으로 아르스날을 따라가고 있었다. 나는 운전기사에게 차를 세워달라고 했다. 그 건물 앞 벤치를 다시 보고 싶었다. 그 모든 시간이 흐른 뒤에도 나는 2층의 그 두 창문이 아직도 불을 밝히고 있으리라 기대했다. 하지만 셀레스탱 위병소로 이어지는 여러 개의 소로小路에서 나는 하마터면 길을 잃을 뻔했다. 그날 밤, 나는 그녀에게 초인종을 누를 필요가 없다고 말했었다. 아무도 없을 터였다. 게다가 우리는 벤치에 앉아 있었다. 심지어 내 귀에는 어디선가 샘물이 흐르는 소리까지 들렸다.

"확실해? 난 아무 소리도 안 들리는데……" 루키가 말했다.

맞은편 아파트에 사는 사람은 우리 둘이었다. 우리가 불 끄는 일을 잊었던 것이다. 그리고 열쇠를 어디다 두었는지도 잊었다. 방금 전의 그 개가 분명 우리를 기다리고 있을 것이다. 그 개는 우리 방에서 잠이 들었고, 영원히 거기서 우리를 기다리고 있으리라.

그러고 있다가 우리는 북쪽을 향해 걸었고, 너무 헤매고 돌아다니지 않기 위해 목표 지점을 정했다. 레퓌블리크 광장이었다. 그러나 우리가 제 방향으로 가고 있는지 확신할 수 없었다. 상관없었다. 길을 잃으면 언제라도 지하철을 타고 아르장틴으로 돌아올 수 있었으니까. 루키는 자신이 어렸을 적에 이 동네에 자주 왔다고 말했다. 엄마의 친구인 기 라비뉴가 이 부근에 정비소를 하고 있어. 맞아, 레퓌블리크 쪽이야. 우리는 정비소마다 걸음을 멈췄지만, 전부 그 정비소가 아니었다. 그녀는 더이상 길을 찾아내지 못했다. 다음번에 기 라비뉴를 만나러 오퇴유에 가면, 그 남자 역시 사라져버리기 전에 예전 정비소의 정확한 주소를 물어봐야겠어. 아무것도 아닌 듯하지만 그건 중요한 일이었다. 그렇게 하지 않으면, 삶에 어떠한 지표도 없게 되니 말이다. 그녀는 자신의 어머니와 기 라비뉴가 부활절 후 토요일마다 트론 시장에 자신을 데리고 가곤 했던 것을 기억했다. 그들은 우리가 걷는 길처럼 도무지 끝날 것 같지 않은 넓은 대로를 걸어 그곳에 가곤 했다. 아마 같은 길일 것이다. 하지만 그때 우리는 레퓌블리크 광장에서 점점 멀어지고 있었다. 그때 그녀는 토요일마다 어머니와 기 라비뉴와 함께 뱅센 숲 가장자리까지 걸어갔다.

자정이 다 된 시각이었고, 우리 두 사람이 있는 곳이 동물원 철책 앞이라면 이상했을 것이다. 어스름한 어둠 속에서 코끼리들을 볼 수도 있었을 텐데. 하지만 그곳, 우리 앞에는 불빛이 환한 공터가 펼쳐졌고, 그 가운데 기념비가 우뚝 서 있었다. 레퓌블리크 광장. 우리가 다가감에 따라 음악 소리가 더 크게 울렸다. 무도회인가? 나는 루키에게 오늘이 7월 14일이냐고 물어보았다. 그녀도 나와 마찬가지로 알지 못했다. 얼마 전부터 우리 두 사람에게는 낮과 밤이 서로 뒤섞였다. 음악은 대로와 그랑 프리외레 가의 모퉁이 부근에서 흘러나오고 있었다. 손님들 몇이 테라스에 앉아 있었다.

너무 늦어 지하철 막차를 탈 수도 없었다. 그 카페를 막 지나치자, 문을 연 호텔이 있었다. 알전구 하나가 검은 목재로 된 매우 가파른 계단을 비추고 있었다. 야간 담당 직원은 우리 이름도 묻지 않았다. 그저 2층의 방 번호만 가르쳐줄 뿐이었다. "이제부터 어쩌면 이곳에 살 수도 있을 거야." 내가 루키에게 말했다.

방에는 침대가 하나뿐이었지만 우리 두 사람이 눕기에 그리

비좁지 않았다. 창문에는 커튼도 덧창도 없었다. 더위 때문에 우리는 창문을 약간 열어두었다. 아래쪽에서는 음악 소리가 멎고, 사람들의 왁자지껄한 웃음소리가 들려왔다. 그녀가 내 귀에 대고 말했다.

"네 말이 맞아. 여기 쭉 머물러야겠어."

나는 우리가 파리에서 멀리 떨어진, 지중해의 어느 조그만 항구에 있다고 생각했다. 매일 아침 우리는 같은 시간에 해변 길을 따라가곤 한다고. 나는 호텔 주소를 알아두었다. 그랑 프리외레 가 2번지. 이베르니아 호텔. 그후 음울한 몇 해 동안, 사람들은 가끔 나에게 주소나 전화번호를 묻곤 했고, 그러면 나는 이렇게 말했다. "그랑 프리외레 가 2번지 이베르니아 호텔로 나에게 편지를 보내면 됩니다. 전달해줄 테니까요." 너무나 오랫동안 답신도 없이 나를 기다리고 있는 그 모든 편지들을 찾으러 가야 할 것이다. 네가 옳았다. 우리는 그곳에 쭉 머물러야 했다.

여러 해가 흐른 뒤, 나는 기 드 베르를 마지막으로 다시 보았다. 오데옹 쪽으로 내려가는 언덕길에서 차 한 대가 내 옆에 와서 서고, 누군가 내 옛날 이름을 부르는 소리가 들린다. 나는 돌아보기도 전에 그 목소리를 기억해낸다. 그가 내려진 차창 너머로 고개를 내민다. 그는 나를 보고 미소를 띤다. 그는 변하지 않았다. 약간 더 짧아진 머리를 제외하고는.

7월의 어느 날 저녁 다섯시였다. 날씨가 더웠다. 우리는 이야기를 나누려고 둘 다 자동차 보닛 위에 앉았다. 나는 차마 우리가 '르 콩데'에서 몇 미터 떨어진 곳에 있다는 말도, 루키가 항상 드나들던 어둠의 문 얘기도 꺼내지 못했다. 하지만 문은 이제 존재하지 않았다. 그곳에는 이제 진열장이 생겨서 악어가죽 가방들과 장화들, 심지어 안장과 승마용 채찍들이 진열되어 있었다. '오 프랭스 드 콩데.' 가죽제품 전문점.

"그래, 롤랑, 근황이 어떠신가?"

언제나 똑같은 맑은 목소리, 우리에게 책을 읽어줄 때 매우 난해한 글을 이해하도록 해주던 그 목소리였다. 나는 그가 아직 나와 그 당시 내가 사용하던 이름을 기억한다는 데 가슴이 뭉클했다. 로벤달 광장에서 열리던 모임에 그토록 많은 사람들이 참석했는데…… 어떤 사람들은 호기심에 이끌려 딱 한 번만 왔고, 또 어떤 사람들은 매우 열성적이었다. 루키는 후자에 속했다. 그리고 나 역시. 그렇지만 기 드 베르는 제자를 두려 하지 않았다. 그는 결코 사상의 대가로 자처하지 않았고, 어떤 종류이건 다른 사람들에게 영향력을 행사하는 것을 거부했다. 그가 청하지도 않았는데 사람들이 그에게 다가간 것이다. 간혹 사람들은 그가 홀로 몽상하는 것을 더 좋아했을 거라 짐작했지만, 그는 사람들을 거부하지 못했고, 특히 사람들이 자신의 내면을 더욱 명확히 보도록 도움을 주는 것을 거부하지 못했다.

"그럼 당신은 파리에 돌아와 계신 건가요?"

드 베르는 싱긋 웃더니 놀리는 듯한 시선으로 나를 바라보았다.

"당신은 여전하군요, 롤랑…… 여전히 질문을 받으면 다른 질문으로 대답해요……"

그것 역시 그는 잊지 않았다. 그는 종종 그 점에 대해 나에게 농담을 하곤 했다. 만일 내가 권투선수라면, 아마 페인트*의 대가였을 거라고 말하곤 했다.

"……롤랑, 나는 파리에 살지 않은 지 오래되었답니다…… 지금은 멕시코에 살고 있지요…… 당신에게 내 주소를 알려줘야겠군요……"

그가 예전에 살던 건물 1층에 정말 담쟁이덩굴이 있는지 확인하러 갔던 날, 나는 건물 관리인이 혹시 알까 해서 기 드 베르의 새 주소를 물어보았었다. 관리인은 간단하게 대답했다. "주소를 안 남기고 갔어요." 나는 그에게 로벤달 광장으로의 그 성지순례에 대해 이야기했다.

"담쟁이덩굴 이야기를 들으니 당신은 정말 치유불능이군요, 롤랑…… 당신이 무척 젊었을 때 내가 당신과 알게 되었는데, 아닌가요? 그때 몇 살이었지요?"

"스무 살이었습니다."

"그래요. 그 나이에 당신은 벌써 잃어버린 담쟁이덩굴을 찾아 나섰군요. 내 말이 틀렸나요?"

---

* 운동 경기에서 상대편을 속이기 위한 동작.

그의 시선이 내게서 떠나지 않았다. 그의 시선에는 슬픔의 그림자가 드리워 있었다. 우리들은 어쩌면 같은 생각을 하고 있었는지 모르지만, 나는 차마 루키의 이름을 입 밖으로 꺼내지 못했다.

"재미있네요. 우리 모임이 있던 시절에 나는 종종 저 카페에 가곤 했는데, 이제는 카페가 아니에요." 내가 그에게 말했다.

그러면서 나는 몇 미터 떨어진 가죽제품 전문점 '오 프랭스 드 콩데'를 가리켰다.

"그럼요. 파리는 최근 몇 년 동안 많이 변했어요." 그가 말했다.

그는 눈살을 찌푸리며 마치 먼 과거를 회상하려는 듯 나를 바라보았다.

"여전히 중립지대에서 작업하고 있나요?"

그 질문이 너무 느닷없어서 나는 그게 무슨 말인지 금방 이해하지 못했다.

"꽤 흥미로웠어요. 중립지대에 관한 당신의 글……"

맙소사, 기억력하고는…… 내가 그 글을 그에게 읽어보게 했던 것을 까맣게 잊고 있었다. 어느 날 저녁, 그의 집에서 열린 모임이 끝났을 때, 루키와 나는 맨 마지막까지 남았다. 나는 그에게 혹시 '영원한 회귀'에 관한 책을 가지고 있지 않느냐고 물었다. 우리는 그의 서재에 있었고, 그는 자기 서재의 서가 몇 곳을 힐끗 바라보았다. 그리고 마침내 흑백 표지로 된 책 한 권을 찾아냈다. 『니체—영원한 회귀와 동일자의 철학』이었다. 그는 나에게 그 책을 건넸고, 나는 그 책을 그다음 며칠 동안 무척 주의깊게 읽었다. 내 상의 주머니에는 중립지대에 관해 타자로 친 글 몇 장이 들어 있었다. 나는 그에게 그 글을 넘겨주고 그의 의견을 듣고 싶었지만 망설였다. 떠나기 전, 현관에서야 비로소 아무 말 없이 내가 써서 모은 그 몇 장의 글이 든 봉투를 불쑥 내밀기로 마음먹었다.

"당신은 천문학에도 무척 관심이 많았죠. 특히 암흑의 물질에……" 그가 말했다.

그가 그것까지 기억하고 있으리라고는 전혀 상상도 하지 못했다. 사실 그는 언제나 다른 사람들을 주의깊게 대했지만, 그때는 사람들이 그러한 사실을 알아차리지 못했다.

"오늘 저녁 예전처럼 로벤달 광장에 모임이 없다니 유감이네요……" 내가 그에게 말했다.

그는 내 말에 놀란 듯했다. 그리고 내게 미소를 지어 보였다.

"'영원한 회귀'에 대한 당신의 강박관념은 여전하네요……"

우리는 보도 위를 이리저리 걸었고, 매번 우리의 발걸음은 우리를 다시 가죽제품 전문점 '오 프랭스 드 콩데'로 이끌었다.

"당신 집에 정전이 되어서 당신이 어둠 속에서 우리에게 말했던 그날 저녁이 생각나시나요?" 내가 그에게 물었다.

"아니요."

"뭘 하나 고백하겠습니다. 나는 그날 저녁 하마터면 발작적으로 폭소를 터뜨릴 뻔했습니다."

"그냥 터뜨리지 그랬어요." 그는 질책하는 어조로 말했다. "웃음이란 소통하는 겁니다. 그랬더라면 우리 모두가 어둠 속에서 웃었을 텐데요."

그는 손목시계를 보았다.

"이제 그만 가봐야겠군요. 짐을 꾸려야 합니다. 내일 떠나거든요. 그런데 당신이 현재 무슨 일을 하는지 물어볼 시간도 없었군요."

그는 상의 안주머니에서 수첩을 꺼내 한 장을 찢었다.

"멕시코의 내 주소를 드리지요. 정말 나를 보러 와야 합니다."

그는 갑자기 명령조로 말했다. 마치 나를 데리고 가려는 듯, 그리고 나를 나 자신으로부터 구원해주려는 듯. 현재로부터도.

"나는 거기서 모임을 계속하고 있습니다. 오세요. 당신이 오기를 기대할게요."

그는 나에게 그 종이를 내밀었다.

"내 전화번호도 드렸습니다. 이번에는 연락이 끊기지 않도록 합시다."

차에 탄 그는 다시 차창을 내리고 고개를 내밀었다.

"말 좀 해주세요…… 종종 루키 생각을 하는데요…… 여전히 그 이유를 이해할 수 없었어요……"

그는 흔들리고 있었다. 항상 주저하지 않고 그토록 명료하게 말을 하던 그가 할말을 찾고 있었다.

"내가 하는 말이 바보같이 들리겠지만…… 이해해야 할 것은 아무것도 없습니다…… 진정 누군가를 사랑한다면, 알 수 없는 부분까지 받아들여야 합니다…… 그것 때문에 그 사람을 사랑하는 겁니다…… 그렇죠, 롤랑?"

그는 급하게 차를 출발시켰다. 자신의 떨림을 중단시키려는 듯. 그리고 내 떨림까지. 그러는 틈에도 그는 나에게 말했다.

"곧 다시 봅시다, 롤랑."

나는 가죽제품 전문점 '오 프랭스 드 콩데' 앞에 홀로 남겨졌다. 진열창에 이마를 갖다대고 혹시 카페의 어떤 흔적이라도 남아 있는지 보았다. 한쪽 벽면, 벽에 설치한 공중전화까지 갈 수 있는 안쪽의 문, 샤들리 부인의 작은 아파트로 이어지는 달팽이 모양의 계단. 아무것도 없었다. 모든 것이 매끈했고 오렌지색 천이 드리워져 있었다. 동네가 그렇듯이 모든 곳이 다 그랬다. 최소한 망령들을 마주칠 위험은 없었다. 망령들조차도 다 죽었다. 마비용 지하철역을 나서도 두려워할 것은 아무것도 없었다. '라 페르골라'도, 유리창 너머의 모셀리니도.

나는 7월의 어느 날 저녁 낯선 도시에 도착한 듯 가벼운 발걸음으로 걸었다. 멕시코 노래를 휘파람으로 불기 시작했다. 하지만 일부러 꾸민 태평함은 오래 지속되지 못했다. 나는 뤽상부르 공원 철책을 따라 걷고 있었고, 〈아, 할리스코*여, 멀어지지 마 Ay Jalisco no te rajes〉의 후렴구는 내 입술 위에서 어느덧 사그라져 있었다. 저 위 생 미셸, 공원의 입구까지 머리 위에 잎을 드리우는 커다란 나무들 중 한 그루의 밑동에 안내문 하나가 붙어 있었다. '이 나무는 위험합니다. 곧 제거할 예정입니다. 올겨울에 대체될 것입니다.' 잠시 동안 나는 악몽을 꾸고 있다고 생각했다. 나는 꼼짝도 못하고 몸이 굳어 그곳에 선 채로 몇 번이고 그 사망선고를 읽고 또 읽었다. 행인 하나가 나에게 와서 말했다. "여보시오, 어디 몸이 불편하오?" 그러고는 나의 고정된 시선에 실망한 듯 멀어져갔다. 내가 생존자라는 느낌이 점점 더 커지는 이 세상에서, 사람들은 나무들까지 쳐내고 있었다…… 계속 걸으며 다른 생각을 해보려고 애썼지만, 어려웠다. 나는 그 안내문과 사형선고를 받은 나무를 잊을 수 없었다. 대체 법원에 있는 사람들과 사형집행인의 머리는 어떻게 생겼는지 궁금했다.

---

* 멕시코 중서부에 위치한 주州. 아름다운 문화예술의 중심지이다.

나는 다시 마음을 가라앉혔다. 힘을 내기 위해, 나는 기 드 베르가 내 옆에서 같이 걸어가며 부드러운 목소리로 "……아니야, 롤랑, 악몽이야…… 나무들의 목을 치는 일은 없을 거야……" 라는 말을 되풀이해주고 있다고 상상했다.

공원 입구의 철책 문을 나서서 포르 루아얄로 가는 대로를 따라갔다. 어느 날 저녁 루키와 나는 '르 콩데'에서 알게 된 우리 또래의 남자와 그쪽으로 온 적이 있었다. 그는 우리 오른편의 광산학교 건물을 가리키며, 하기 힘든 고백이라도 하는 양 슬픈 목소리로 자신이 그 학교 학생이라고 밝혔다.

"내가 계속 저기를 다녀야 한다고 생각하세요?"

나는 그가 거기서 벗어나도록 우리가 용기를 북돋워주었으면 한다는 걸 느꼈다. 나는 그에게 말했다. "이봐요, 그건 아니지, 저기 머물지 마요…… 넓은 데로 나가라고요……"

그는 루키를 향해 돌아섰다. 그녀의 의견도 기다렸던 것이다. 그녀는 쥘페리 중고등학교에서 자신의 입학을 거부한 이래, 자신은 학교를 무척 불신한다고 설명해주었다. 그로써 그가 완전히 설득되었다고 생각된다. 다음날 '르 콩데'에 갔을 때, 그는 우리에게 광산학교는 자신에게 이제 끝난 일이라고 말했다.

종종 그녀와 나는 그녀의 호텔로 돌아가기 위해 그 똑같은 길을 갔다. 우회하는 길이었지만 우리는 걷는 게 습관이었다. 하지만 정말 우회하는 것이었을까? 아니었다. 곰곰 생각해보면, 나에겐 그게 대지의 내부로 향하는 직선 노선이었다. 밤에 당페르 로슈로 대로를 따라가다보면, 커다란 대문이 줄지어 서 있는 수도원 부설 병원들과 고요함 때문에 마치 지방 도시에 와 있는 것 같았다. 요전에 나는 몽파르나스 묘지를 둘로 가르는, 플라타너스와 높은 벽 들이 양옆에 늘어선 길을 걸었다. 그 길 역시 그녀의 호텔로 가는 길이었다. 그녀는 그 길을 피했으면 했고, 바로 그 이유 때문에 우리가 당페르 로슈로로 다녔던 것이 생각난다. 하지만 마지막에 우리는 더이상 아무것도 두렵지 않았고, 밤이면 머리 위로 나뭇잎 궁륭을 드리우는, 묘지를 가르는 그 길도 매력이 없지는 않다고 생각하게 되었다. 그 시간이면 차는 한 대도 지나다니지 않았고, 우리는 거기서 아무도 마주치지 않았다. 그곳을 중립지대 목록에 올리는 걸 잊었었다. 그 길은 차라리 경계선이었다. 그 끝에 다다르면, 우리는 모든 것으로부터 안전한 나라로 들어가곤 했다. 지난주에 나는 밤이 아니라 오후가 끝나갈 무렵에 그 길을 걸었다. 우리가 함께 그 길을 걸은 이후, 아니, 내가 널 만나러 가곤 하던 이후 나는 다시 그 길로 돌아가지 않았다. 한때 저 묘지 너머로 가면 너를 다시 만날 수 있다는 환상에 젖었다. 그곳, 그곳은 '영원한 회귀'이리라. 안내데스크에서 네 방 열쇠를 받을 때의, 예전과 똑같은 제스처. 똑같이 가파른 계단. 11호라 쓰인 똑같은 하얀 방문. 똑같은 기다림. 그리고 똑같은 입술, 똑같은 향기, 폭포처럼 흘러내리는 똑같은 머리칼.

드 베르가 루키에 대해 나에게 한 말이 다시 들렸다.

"여전히 그 이유를 이해할 수 없었어요…… 진정 누군가를 사랑한다면, 알 수 없는 부분까지 받아들여야 합니다……"

알 수 없는 부분이 무엇이란 말인가? 종종 서로의 생각이 이심전심으로 잘 전달되었으므로, 나는 우리가 서로 닮았다고 확신했었다. 우리는 똑같은 파장 위에 있었다. 같은 해 같은 달에 태어났다. 그렇지만 우리 사이에 차이가 있었다는 것을 믿어야 할 것이다.

그렇다, 나 역시 도저히 이해가 되지 않는다…… 특히 마지막 몇 주를 돌이켜보면. 11월, 점점 짧아지는 낮, 가을비, 그중 어느 것도 우리의 기를 꺾어놓을 것 같지 않았다. 우리는 심지어 여행을 떠날 계획도 세웠다. 게다가 '르 콩데'에는 흥겨운 분위기가 감돌았다. 누가 단골손님들 사이에 자칭 시인이자 앙베르*에서 연출가로 활동한다는 밥 스톰스라는 사람을 끼워주었는지 지금은 모르겠다. 아다모프였던가? 아니면 모리스 라파엘? 그 밥 스톰스라는 사람은 우리를 많이 웃겼다. 그는 루키와 나에게 호감

---

* 벨기에의 도시.

을 가지고 있었다. 여름에 우리 둘이 마요르카에 있는 자신의 대저택에서 함께 지냈으면 하고 바라기도 했다. 겉으로 볼 때, 그는 물질적인 부분에 대해선 전혀 근심이 없어 보였다. 사람들 말로는 그가 그림을 수집한다고도 했다…… 사람들은 많은 이야기를 한다…… 그러고 나면 어느 날 사람들이 사라져갔고, 그들에 대해 아무것도, 심지어 진짜 신분도 모른다는 사실을 깨닫게 된다.

왜 밥 스톰스의 거대한 실루엣이 그렇게 강하게 기억에 떠오르는 걸까? 인생의 가장 슬픈 순간에는 종종 경쾌한 불협화음, 플랑드르의 광대 같은 인물, 스쳐지나가며 불행을 쫓아줄 수 있는 밥 스톰스 같은 자가 있게 마련이다. 그는 나무 의자가 자기 몸무게에 부서질지도 모른다는 듯 카운터에 서 있었다. 그는 키가 너무 커서 몸매가 잘 보이지 않았다. 그리고 항상 비로드 상의를 걸치고 다녔는데, 그 검은색 옷이 적갈색 수염과 머리와 대조적이었다. 또 같은 색의 케이프를 두르고 다녔다. 우리가 그를 처음으로 본 날 저녁, 그는 루키와 내가 앉아 있는 테이블 쪽으로 다가와 우리 얼굴을 빤히 바라보았다. 그러더니 미소를 짓고는 몸을 숙여 속삭였다. "불행한 세월의 동반자들이여, 좋은 밤 보내시길." 내가 많은 시구를 알고 있다는 것을 알고는 나와 시합을 해보길 원했다. 상대방의 시에 답하지 못하면 지는 시합이었다. 그가 나에게 시를 한 수 읊어주면, 나는 다른 시를 암송해야 했고, 계속 그렇게 이어지는 식이었다. 시간이 매우 오래 걸렸다. 나는 그런 것에는 소질이 없었다. 나는 음계도 전혀 모르면서 아무 곡이나 피아노로 한 소절 연주할 수 있는 사람처럼, 일반교양도 갖추지 못한 일종의 문맹으로서 시를 외운 사람이었다. 밥 스톰스는 그 점에 있어서는 나보다 유리했다. 그는 영시, 스페인 시, 플랑드르 시의 거의 모든 레퍼토리를 알고 있었으니까. 그는 카운터에 서서 도전적인 태도로 나에게 시구를 날리곤 했다.

나에게 들리네, 유령 같은 말들, 휘날리는 그 긴 갈기들이.

혹은,

생기 없는 수많은 개들 속에
잊힌 모든 죽은 이들처럼.

아니면,

시장이 우리에게 잘못을 저질렀다.
우리는 배운다, 포도주의 은총으로, 인생을 증오하는 법을.

그는 나를 약간 피곤하게 했지만, 우리보다 나이가 훨씬 많은 무척 선량한 사내였다. 나는 그가 자신의 전생에 대해 이야기해 주었으면 했다. 그는 내 질문에 항상 대답은 했지만, 뒤끝을 흐리는 식이었다. 자신에게 너무 많은 호기심이 쏠린다 싶으면, 숨길 것이 있거나 자취를 지우고 싶어하는 것처럼 갑자기 풀이 죽었다. 그리고 대답도 하지 않고 있다가 결국엔 웃음을 터뜨림으로써 침묵을 깨곤 했다.

밥 스톰스의 집에서 파티가 있었다. 그는 루키와 나를 다른 사람들, 안네, 돈 카를로스, 보잉, 자카리아스, 미레유, 라 우파, 알리 셰리프 그리고 우리가 광산학교를 그만두라고 설득했던 청년과 함께 초대했다. 다른 손님들도 있었지만, 나는 그들을 몰랐다. 그는 앙주 강변로의 아파트에 살았는데, 위층은 넓은 아틀리에였다. 그는 자신이 무대에 올리고자 하는 연극 〈엇, 이 양반아!〉의 대본 독회를 위해 그곳에서 우리를 맞았다. 우리 둘은 다른 사람들보다 먼저 도착했고, 나는 아틀리에를 밝히는 샹들리에, 대들보에 매달아놓은 시칠리아와 플랑드르 인형들, 르네상

스퐁의 거울과 가구 들에 놀랐다. 밥 스톰스는 그 검은색 비로드 상의를 걸치고 있었다. 커다란 통유리창이 센 강을 향해 나 있었다. 그는 보호자 같은 몸짓으로 루키와 나의 어깨에 팔을 두르고 예의 그 문장을 읊었다.

불행한 세월의 동반자들이여,
좋은 밤 보내시길.

그러고 나서 호주머니에서 봉투 하나를 꺼내 나에게 건네주었다. 그는 우리에게 그것이 마요르카에 있는 자기 집 열쇠이며 가능한 한 빨리 우리가 그곳에 가야 할 거라고 설명했다. 그리고 9월까지 머물라고 했다. 그는 우리의 안색이 좋지 않다고 생각했다. 얼마나 기이한 파티였던지…… 연극은 딱 1막이었고, 배우들은 대사를 상당히 빨리 읽었다. 우리들은 그들 주위에 앉아 있었다. 때때로 독회 도중에 밥 스톰스가 신호를 보내면, 우리는 모두 마치 합창단의 일원인 양 "엇, 이 양반아!……"라고 외쳐야 했다. 술은 차고 넘치게 돌았다. 그리고 다른 훌륭한 음식들도. 아래층의 넓은 응접실 가운데에 뷔페가 차려져 있었다. 밥 스톰스가 손수 굽이 달린 큰 술잔이나 크리스털 잔에 음료를 부어 날랐다. 사람이 점점 더 많아졌다. 어느 순간 스톰스가 나에게 자신과 동갑이지만 키는 훨씬 더 작은 남자를 소개했다. 미국 작가인 제임스 존스라는 사람으로, 스톰스는 그가 '같은 층의 이웃'이라고 했다. 루키와 나는 시간이 흐름에 따라 대체 우리가 그 모든 생면부지의 사람들 틈에서 무얼 하는지 알 수 없게 되었다. 우리 삶의 초입에 마주쳤던 수많은 사람들, 그런 사실도 전혀 모를 것이고 또 우리도 결코 알아볼 수 없을 사람들.

우리들은 슬그머니 입구 쪽으로 빠져나왔다. 번잡한 와중이라 우리가 가는 것을 아무도 모를 거라고 우리는 확신했다. 하지만 우리가 응접실 문을 나서자마자 밥 스톰스가 우리를 쫓아왔다.

"그래…… 젊은이들, 작별인사도 없이 슬그머니 가버릴 건가?"

그는 평소처럼 미소를, 턱수염과 커다란 몸 때문에 르네상스나 위대한 세기*의 인물들, 루벤스 혹은 버킹엄을 닮아 보이게 하는 넉넉한 미소를 지었다. 그렇지만 그의 눈에는 일말의 불안이 스쳤다.

"너무 지겨웠나?"

"아니요, 무척 좋았어요. '엇, 이 양반아……'"라고 내가 말했다.

그는 조금 전 아틀리에에서 그랬듯이 두 팔로 루키와 나, 우리

* 프랑스의 17세기를 가리킨다.

둘의 어깨를 감쌌다.

"자, 내일 자네들을 다시 보길 바라네……"

그는 여전히 우리 어깨를 붙잡은 채 문까지 데리고 갔다.

"그리고 무엇보다도 빨리 마요르카로 떠나 바람이라도 쐬게…… 그게 필요하니까…… 집 열쇠는 줬고……"

현관에서 그는 우리 둘을 한참 동안 바라보았다. 그러고는 나를 향해 시구를 낭송했다.

하늘은 가난한 곡마단의 찢어진 천막과도 같도다.

루키와 나는 계단을 내려왔고, 그는 난간 너머로 몸을 기울였다. 그는 우리가 평소에 하던 대로 자신의 시구에 대한 화답으로 시구 하나를 말해주길 기다렸다. 하지만 나는 아무것도 생각나지 않았다.

내가 계절을 혼동했다는 느낌이 든다. 그 파티가 있고 나서 며칠 후, 나는 루키와 동행해 오퇴유로 갔다. 그때가 여름이었던 것도 같고 아니면 추위, 햇빛, 푸른 하늘이 있는 청명한 겨울의 아침나절이었던 것도 같다. 그녀는 자기 어머니의 친구였던 기 라비뉴를 만나보러 가고자 했다. 나는 그녀를 기다리는 편이 더 좋았다. 우리는 '한 시간 후' 정비소 모퉁이에서 만나자고 약속했다. 우리는 밥 스톰스에게서 받은 열쇠 때문에 파리를 떠나려 했었다고 생각된다. 이따금 할 수 있었으나 그러지 못했던 것들을 생각하면 가슴이 옥죄이기도 하지만, 지금도 그 집이 빈 상태로 우리를 기다리고 있다고 나는 생각한다. 나는 그날 아침 행복했다. 그리고 가벼웠다. 약간 황홀하기까지 했다. 지평선은 저 멀리 우리 앞에 무한을 향해 펼쳐져 있었다. 고요한 거리 깊숙한 곳에 있는 정비소. 나는 그 라비뉴라는 사람 집까지 루키와 동행하지 않았던 것을 후회하곤 했다. 어쩌면 우리가 남쪽으로 내려가도록 그가 차를 한 대 빌려줄지도 모르는 일이었다.

그녀가 정비소의 쪽문을 통해 나오는 모습이 보였다. 그녀는 나에게 손을 들어 신호를 보냈다. 예전 여름 내가 그녀와 자네트 골을 강변에서 기다리던 그때의 모습 그대로였다. 그녀가 똑같이 터벅터벅 나를 향해 걸어온다. 마치 시간은 중요치 않다는 듯, 걸음을 늦추는 듯하다. 그녀가 내 팔을 붙잡고, 우리는 그 동네를 거닌다. 언젠가 우리가 살 곳이다. 게다가 우리는 계속 거기서 살았다. 우리는 작은 길들을 따라 걷고 인적 없는 로터리를 가로지른다. 오퇴유 마을은 부드럽게 파리에서 떨어져나간다. 황갈색 혹은 베이지색 건물들은 코트다쥐르에 있을 수도 있었을 것이고, 그 벽들 너머에 혹시 정원이나 숲의 경계가 감춰져 있을지도 모르는 일이다. 우리는 에글리즈 광장 앞 지하철역에 도착했다. 더이상 잃을 것이 없는 지금에야 나는 이 말을 할 수 있다. 거기서 나는 내 인생에 단 한 번 '영원한 회귀'가 무엇인지 느꼈다고. 그때까지 나는 독학자의 선의를 가지고 그 주제에 관한 작품들을 읽어보려고 노력했었다. 에글리즈 도퇴유 지하철역 계단을 내려가기 바로 직전이었다. 왜 이 장소란 말인가? 나는 그것에 대해서는 아무것도 모르고 그건 하등 중요하지도 않다. 나는 잠시 움직이지 않고 있다가 그녀의 팔을 붙잡았다. 우리는 영원히, 그곳, 같은 장소에, 함께 있었고, 오퇴유를 가로지른 산책을 수천 번의 또다른 삶 동안 이미 했었다. 시계를 볼 필요도 없었다. 나는 정오라는 것을 알고 있었다.

그 일은 11월에 일어났다. 어느 토요일. 아침과 오후에 나는 아르장틴 가에 남아 중립지대에 관해 연구하고 있었다. 나는 네 페이지를 늘려서 최소한 서른 페이지를 쓰고 싶었다. 그 글은 눈덩이처럼 불어나 몇백 페이지에 도달할 수도 있으리라. 루키와는 다섯시에 '르 콩데'에서 만나기로 했다. 나는 며칠 내에 아르장틴 가를 떠날 결심을 이미 굳힌 상태였다. 유년기와 청소년기의 상처로부터 완전히 치유된 듯했고, 앞으로는 중립지대에 숨어 있을 어떠한 이유도 없는 듯했다.

나는 에투알 지하철역까지 걸었다. 루키와 내가 기 드 베르의 모임에 갈 때 자주 탔던 노선이었고, 처음으로 우리가 걸어서 간 노선이기도 했다. 센 강을 건너는 동안 나는 시뉴 산책로를 거니는 사람들이 많다는 것을 알았다. 라 모트 피케 그르넬에서 환승.

나는 마비용에서 내려 우리가 항상 그랬던 것처럼 '라 페르골라'가 있는 방향으로 눈길을 던졌다. 유리창 너머에 모셀리니가 앉아 있지는 않았다.

내가 '르 콩데'에 들어갔을 때, 안쪽 벽에 걸린 동그란 벽시계의 바늘은 정확히 다섯시를 가리키고 있었다. 대체로 '르 콩데'가 한가한 시간이었다. 자카리아스와 안네 그리고 장미셸이 차지한 문 옆자리만 빼고 테이블은 텅 비어 있었다. 그들 세 명 다 나를 향해 묘한 시선을 던졌다. 그들은 아무 말도 없었다. 유리창을 통해 쏟아져내리는 빛 때문인지 자카리아스와 안네는 얼굴이 창백했다. 내가 인사를 건네도 그들은 묵묵부답이었다. 그들은 마치 내가 무슨 잘못이라도 저지른 듯, 이상한 시선을 나에게 고정하고 있었다. 장미셸의 입술이 일그러졌고, 나는 그가 나에게 무슨 말을 하려 한다는 것을 느꼈다. 파리 한 마리가 자카리아스의 손등에 앉자, 그는 신경질적인 동작으로 파리를 쫓았다. 그러더니 잔을 들어 단숨에 비웠다. 그리고 자리에서 일어나 내게로 걸어왔다. 그가 아무 억양 없는 목소리로 말했다. “루키 그녀가 창밖으로 몸을 던졌어.”

혹시 내가 길을 잘못 든 것은 아닐까 두려웠다. 나는 라스파유 거리를 지나고 묘지를 가로지르는 길을 지났다. 끝에 도달하자 계속 곧장 걸어가야 할지 아니면 프루아드보 가로 가야 할지 알 수 없었다. 프루아드보 가로 접어들었다. 그 순간부터 나의 삶에는 부재, 하얀 공백이 생겼고, 그것은 단순히 공허함만 야기하는 것이 아니라, 아예 그걸 바라볼 수조차 없었다. 그 새하얀 공백은 환히 퍼지는 강렬한 빛으로 내 눈을 부시게 했다. 그리고 끝까지 그럴 것이다.

나중에 나는 브루세에서 어느 대기실에 있었다. 잿빛 머리를 단정히 빗고 갈매기 무늬의 코트를 입은 오십대 남자 한 명 역시 대기실 맞은편의 긴 의자에 앉아 기다리고 있었다. 그와 나를 제외하면 아무도 없었다. 간호사가 내게로 와 그녀가 죽었다고 말해주었다. 그 남자도 자신이 관련된 일인 것처럼 우리에게 다가왔다. 나는 그 남자가 그녀가 오퇴유의 정비소로 만나러 가곤 했던 그녀 어머니의 친구 기 라비뉴일 거라고 생각했다. 그에게 물었다.

“기 라비뉴 씨인가요?”

그는 고개를 저었다.

"아니요. 나는 피에르 케슬레입니다."

우리는 함께 브루세에서 나왔다. 밤이었다. 우리는 나란히 디도 가를 따라 걸었다.

"당신, 당신은 롤랑이라고 생각되는데요?"

그가 어떻게 내 이름을 알았을까? 나는 걷기가 힘들었다. 그 하얀 공백, 내 앞으로 환히 퍼지는 그 빛……

"그녀가 편지를 남기지 않았나요?" 내가 그에게 물었다.

"아니요. 아무것도."

나에게 모든 전말을 이야기해준 사람은 그였다. 그녀는 '해골'이라고 불리는 자네트 골이라는 여자와 방에 함께 있었다. 그런데 어떻게 그가 자네트의 별명을 알고 있을까? 그녀는 발코니로 나갔다고 했다. 그녀가 난간 너머로 한 발을 내밀었다. 자네트는 그녀의 실내복 자락을 붙잡으려고 했다. 하지만 너무 늦었다. 그녀는 용기를 내기 위해서 혼잣말을 하는 것처럼 몇 마디 남겼을 뿐이었다.

"됐어. 이제 마음대로 가렴."

'잃어버린 지평들'을 찾아서

우리의 삶에서 까맣게 잊힌 누군가의 이름, 혹은 어느 장소가 문득 떠오를 때가 있다. 그러면 가슴이 먹먹해지는 동시에 시효가 지난, 돌이킬 수 없는 시간과 공간 그리고 그 안에서의 꿈과 좌절, 삶의 희망과 고통이 함께 되살아난다. 이 이야기는 60년대의 파리 라탱 구역에 위치한 카페 '르 콩데', 그리고 그곳을 자주 드나들었던 '루키'라는 별명의 젊은 여성을 중심으로 전개된다. 아무나 드나들 수 있고, 어느 누구도 자신의 과거를 털어놓지 않는 카페에 '규칙도, 장래에 대한 걱정도 없이 방랑 생활을 하는 자들'인 보헤미안들이 단골로 자리잡고 있고, 어느 날인가부터 남의 눈에 잘 띄지 않는 젊은 여자 한 명이 슬그머니 끼어든다. 첫번째 화자의 말처럼 그녀는 아마도 '탈바꿈'을 하기 위해, 자신에 대해 전혀 모르는 사람들 틈에 말 그대로 스며든 것이리라. 그리고 그 카페는 누군가의 표현처럼 '잃어버린 젊음'의 장소로서, 정처 없이 표류하다 좌초한 삶들의 집결지처럼 묘사된다. 고등광산학교에 다니면서도 자신이 학생임을 밝히지 않은 채 카페를 드나들던 첫번째 화자는 훗날 가죽제품 전문점으로 바뀐 카페의 예전 모습과 함께 루키를 떠올리며 독자들의 호기심을 자아낸다.

두번째 화자는 케슬레라는 사립탐정으로 루키의 과거를 되짚어간다. 장피에르 슈로라는 사내로부터 집을 나간 아내를 찾아달라는 부탁을 받은 그는 즉석사진 두 장과 그녀의 결혼 전 이름 자클린 들랑크라는 단서만 가지고 그녀를 찾아 나선다. 삭막하고 건조한 듯 보이는 그녀의 결혼 생활, 나이 차가 많이 나는 남편과의 생활이 '진정한 삶'이 아니라는 이유로 자신의 자취조차 남기지 않고 챙겨서 떠나버린 여자. 케슬레는 옛 동료의 도움을 받아 몽마르트르 부근을 찾는다. 어쩌면 과거에 미성년자였던 자클린 들랑크와 마주쳤을지도 모르는 곳. 그는 과거와 현재 사이의 변모된 공간에서 자클린 들랑크의 흔적을 찾아내지만, 그녀를 남편에게 데리고 가는 것이 아니라 오히려 떨어뜨려놓는다. 그것은 아마도 그가 도피선과 잃어버린 지평들에 더 마음이 끌리는, 그리하여 자클린 들랑크와 같은 궤도에 놓일 수 있는 성정을 지니고 있었기 때문인지도 모른다. 운명이나 이미 결정된 미래가 아니라 변화무쌍하고 통제 불가능한 과정 속에 우리를 빠뜨리는 도피선으로 말이다.

케슬레에 의해 어느 정도 희미하게 윤곽이 드러나는 루키의 삶은 본명이 자클린 들랑크인 루키 자신의 입을 통해 더 뚜렷해진다. 나이에 걸맞지 않게 조숙해 보이는 그녀는 어머니가 물랭루주로 일하러 간 후 몰래 밤거리로 나서고, 그 행동반경이 점점 더 넓어지면서 '미성년자 방황'으로 두 번이나 경찰서에 잡혀가기도 한다. 그러나 일단 시작된 밤나들이는 더욱 잦아지고, 그러다 만난 자네트 골이라는 여자와 만나 바를 드나들며 '눈'이라는 은어로 지칭되는 마약 복용까지 하게 된다. 보들레르가 말하는 '인공낙원'에 빠져들고 방탕한 생활에 젖은 그녀는 거기서 벗어나려 했던지 장피에르 슈로라는 남자와 결혼하게 된다. 어머니의 집과 동네, 수상쩍은 바와 그곳에 드나들던 사람들에게서 벗어나 새로운 삶을 꿈꾸었지만, 결혼 생활 역시 무미건조하기 짝이 없다. 그러한 점은 케슬레가 찾아간 장피에르 슈로의 아파트 묘사에서 잘 드러난다. 신비주의적 색채가 뚜렷한 기 드 베르라는 사람과의 만남 이후, 그녀는 기 드 베르가 추천한 책을 읽고 그가 주재하는 모임에 나가게 되면서, 그리고 거기서 롤랑이라는 청년을 만나게 되면서 결정적으로 집을 떠난다.

네번째 화자는 작가 지망생으로 보이는 롤랑이라는 청년이다. 그는 기 드 베르가 주관한 모임에서 루키를 만나게 되고, 그녀와 사랑에 빠진다. 머뭇거리면서도 어느새 젖어버린 그녀와의 생활, 두 사람은 '중립지대'라고 부르는 곳을 찾아 계속 옮겨다닌다. 그곳은 '부재증명'의 공시 이후 부재자로서 인정된 사람들이 살고 있을 만한 곳들, 타인들 속에 있으면서도 각자의 섬에 고립되어 살 듯 자유로울 수 있는 곳, 과거와 과거의 악몽들과 결연히 단절되어 살 수 있는 곳들이다. 그러나 그곳에서도 완전히 자유로울 수 없었던지 과거의 인물들과 우연히 조우하기도 하고, 또 그 인연의 끈에 걸려 허덕이기도 한다. 결국 그녀와 파리를 떠나기로 했던 날, 그는 그녀가 발코니에서 창밖으로 몸을 던졌다는 소식을 듣게 된다.

모디아노는 이 작품에서도 예와 다름없이 기억 속의 탐색을 계속한다. 그래서 마치 이 작품 또한 그가 전체 작품세계에서 추구하는 바의 변주곡인 듯 비슷한 울림을 담고 있다. 퍼즐 맞추기와도 같은 그의 글쓰기 기법은 이 작품에서도 마찬가지로 독자들의 관심의 끈을 놓지 않고 있다. 그러나 단편적인 기억의 파편을 통해 과거를 정립하는 방식이 아니라, 서로 다른 네 명의 화자의 목소리를 통해 그들이 보고 생각하는 바를 종합하여 전체적인 상을 형성할 수 있도록 하는 방식이 작품의 큰 구도를 이룬다는 점에서 다른 작품들과의 차별성을 지닌다. 중심적인 등장 인물인 루키를 비롯해 그녀를 바라보기만 했던 고등광산학교 학생, 경찰서에 남겨진 서류와 사진 등을 통해 과거를 재구성한 사립탐정 케슬레, 직접 그녀와 접촉하고 사랑하는 관계로까지 나아간 롤랑, 이들은 저마다의 시각에서 루키와 루키의 삶을 설명한다.

'르 콩데'에서 붙여준 별명 루키, 케슬레가 찾아낸 그녀의 처녀 때 이름 자클린 들랑크, 그리고 장피에르 슈로와 결혼함으로써 가지게 된 이름 자클린 슈로. 이 세 가지 이름과 마찬가지로 그녀는 전혀 다른 모습으로 다른 공간 속에 나타난다. 자클린 들랑크에서 자클린 슈로로 변하는 과정도 그러하지만, 자클린 슈로에서 루키로 변하는 과정 역시 급작스러운 단절을 이룬다.

> 오직 도망치는 순간에만 온전히 나 자신이었다. 나에게 유일한 좋은 추억은 도피 혹은 가출의 추억뿐이다. 하지만 삶이라는 것이 언제나 다시 우위를 점하곤 했다.

> 그녀는 자유로운 공기를 호흡하기 위해 도망하고, 항상 더 멀리 도피하며, 난폭한 방식으로 일상적인 삶과의 관계를 깨고자 했던 것이다.

그리고 일단 '지금'의 '이곳'에서 벗어나기만 하면 과거와의 완전한 절연을 이루기 위해 안간힘을 다한다. 그래서 과거의 장소로 되돌아가기를 기피하며, 과거에 연이 있던 사람들을 가급적 만나지 않으려 한다. 마치 과거의 장소나 과거의 사람들이 자신을 다시 과거로 끌고 들어가지나 않을까 두려워하는 것처럼. 장피에르 슈로와의 급작스러운 결혼과 함께 자네트 골과의 인연을 끝내려 한다. 집으로 찾아온 자네트에 대한 심한 두려움, 롤랑과 함께 길을 걷다 우연히 보게 된 과거의 인물에 대한 공포. 그것은 남편에게 일방적 결별을 통보하고 집을 나올 때에도 마찬가지다. 그녀는 자신의 흔적을 전혀 남기지 않는다. 어떠한 기록도, 사진도(다만 새로운 여권을 만들기 위해 찍었지만 행여 분실할까 싶어 남편에게 맡긴 즉석사진 두 장을 제외하면) 남기지 않는다. 롤랑과의 관계 또한 다를 바 없다. 비록 두 사람은 어느 누구도 자신들을 알아보지 못할 '중립지대'를 찾아 떠돌아다니지만, 그녀는 롤랑과 함께 파리를 떠나는 것을 기피하듯, 창밖으로 투신한다.

어쩌면 루키는 사람들과의 관계 맺기를 극도로 두려워하는 것일 수도 있고, 혹은 남편과 말다툼을 하는 와중에 말한 '진정한 삶'을 추구하기 위해, 사람들과의 관계의 좌표 속 정해진 점에 머물다 속절없이 소멸되는 것을 끊임없이 거부하는 것인지도 모른다. 왜냐하면 관계를 만든다는 것, 안정적이 된다는 것은 변화하지 않는다는 것, 일상의 안온함 속에 마비되는 것을 의미하는 것이기 때문이다.

이따금 이정표도 없는 넓고 막막한 대지처럼 보이는 이 삶 속에서, 모든 도피선과 잃어버린 지평들의 한가운데에서, 우리는 더이상 무턱대고 항해한다는 느낌을 받지 않기 위해 지표들을 찾고, 일종의 토지대장 같은 것을 작성하고 싶어한다. 그래서 사람들은 관계의 실을 잣고, 불확실한 만남들을 좀더 안정적으로 만들고자 한다.

하염없이 물살에 떠밀려 흘러가다 어딘가에 걸려 제자리에서 맴돌고 다시 그곳을 벗어나 또 정처 없이 흘러가는 꽃잎이나 나무 잎사귀, 여러 번 바위 틈새나 물에 잠긴 나뭇가지에 끼어 머물다 또다시 흘러가 어디론가 사라지는 그 모습처럼, 루키의 삶 역시 조금 더 먼 곳, 조금 더 넓은 곳으로 흘러가다 종국에는 아득하게 멀어져가버린다. '지금', '이곳'을 거부하는 그녀의 몸짓은 낭만적인 것으로 여겨질 수도 있겠지만, 현실의 무게에서 벗어나려는 안타까운 발버둥으로 보이기도 한다. 그렇기 때문에 그녀가 마지막으로 남긴 말은 묘하게도 커다랗게 울리며 독자의 마음에 아련한 아픔을 안긴다.

"됐어. 이제 마음대로 가렴."

2014년 겨울

김윤진

파트릭 모디아노 연보

1945년 7월 30일 불로뉴 비양쿠르에서 유대인 혈통의 이탈리아 출신 사업가인 아버지 알베르 모디아노와 벨기에 영화배우인 어머니 루이자 콜페인(본명은 루이자 콜펀) 사이에서 태어남. 부모는 점령중 파리에서 서로 만나 신분을 감춘 상태에서 함께 살았다. 무역업에 종사했다는 것 외에는 정확하게 알려진 것이 없는 아버지는 불확실한 신분 상태로 대부분 부재 상태였고 어머니 역시 순회공연으로 집을 비우는 일이 많아서 모디아노는 어린 시절의 상당 부분을 여러 기숙학교에서 보냈다.

1947년 남동생 뤼디 태어남.

1951년 파리 근교 주이 앙 조자스의 몽셀 초등학교 입학.

1956년 오트 사부아에 있는 생 조제프 중학교 입학.

1957년 남동생 뤼디가 혈액 관련 병으로 세상을 떠남. 뤼디를 무척 아꼈던 그는 1967년에서 1982년 사이에 발표한 초기 작품들을 뤼디에게 헌정한다. 동생의 죽음은 그의 어린 시절의 종말을 의미했으며 그는 이 시절에 대하여 간절한 향수를 지니게 된다.

1960년 파리의 앙리 4세 고등학교에 입학함. 열다섯 살에 어머니의 친구이며 『지하철 안의 자지*Zazie dans le métro*』의 작가로 유명한 소설가 레몽 크노를 기하학 개인교사로 모시게 되면서 크노를 통해 문학의 세계에 눈을 뜨게 된다. 크노와의 만남은 결정적이었다. 그를 통해서 그는 저 유명한 갈리마르 출판사의 칵테일파티에도 참석하여 문단의 저명인사들을 만난다.

1963년 안시에서 대학입학자격시험에 합격하나 더이상 공부를 계속하지 않고 문학에 열정을 바치기로 결심하고 소설을 쓰기 시작함.

1967년 첫 소설 『에투알 광장*La place de l'Étoile*』을 완성하여 레몽 크노에게 원고 검토를 부탁함.

1968년 첫 소설 『에투알 광장』이 크노의 주선으로 갈리마르 출판사에서 출간되어 로제 니미에 상과 페네옹상을 수상함. 이후 오로지 작가로서 글쓰기에만 전념함.

1969년 『야간순찰*La ronde de nuit*』 출간.

1970년 9월 12일, 도미니크 제르퓌스와 결혼. "우리 결혼식 날에 대한 참담한 기억이 남아 있다. 그날 비가 왔다. 정말 악몽이었다. 우리 결혼식의 증인은 청소년 시절부터 파트릭의 후원자였던 레몽 크노와 우리 아버지의 친구인 앙드레 말로가 서주었다. 그들은 뒤뷔페에 대하여 논쟁을 하기 시작해 우리는 거기서 마치 테니스 경기를 구경하는 관람객 꼴이 되었다. 그 장면을 찍은 사진이라도 있었으면 재미있었을 터인데 사진기를 가지고 온 단 한 사람은 그만 그 안에 필름 넣는 것을 잊어버렸다. 그래서 우리에게 남은 것은 우산을 쓴 채 등을 돌리고 있는 단 한 장의 사진뿐이다." (2003년 10월 6일, 『엘르』와의 인터뷰)

1972년 『외곽 순환도로*Les boulevards de ceinture*』를 발표하여 아카데미 프랑세즈 소설 대상을 수상함.

1973년 영화 〈라콩브 뤼시앵*Lacombe Lucien*〉의 시나리오를 씀.

1974년 〈라콩브 뤼시앵〉이 루이 말의 연출로 완성되어 상영됨. 이 영화는 2차대전을 배경으로 항독운동에 가담하려고 시도했다가 도리어 친독 의용대 활동을 하게 된 청년의 이야기를 다루고 있는데, 등장인물의 행동에 정당성이 없다는 이유로 논쟁을 불러일으킴. 맏딸 지나 태어남. 아버지의 재능을 물려받은 지나는 후일 영화 시나리오와 동화 등을 집필함.

1976년 1975년 출간한 『슬픈 빌라*Villa triste*』로 리브레리상 수상.

1977년 『추억을 완성하기 위하여*Livret de famille*』(원제 : 호적부) 출간.

1978년 『어두운 상점들의 거리*Rue des boutiques obscures*』로 공쿠르상 수상. 둘째 딸 마리 태어남.

1981년 『청춘 시절*Une jeunesse*』『메모리 레인*Memory Lane*』(피에르 르탕 삽화) 출간.

1982년 『그토록 순수한 녀석들*De si braves garçons*』 출간.

1983년 『청춘 시절』이 모셰 미즈라히의 연출로 동명의 영화로 만들어져 상영됨.

1984년 전 작품에 대해 프랑스 피에르 드 모나코 상 수상.

1985년 『잃어버린 거리*Quartier perdu*』 출간.

1986년 『팔월의 일요일들*Dimanches d'août*』 출간.

1988년 『발레 소녀 카트린*Catherine Certitude*』(장자크 상페 삽화), 『감형*Remise de peine*』 출간.

1989년 『어린 시절의 탈의실*Vestiaire de l'enfance*』 출간.

1990년 『신혼여행*Voyage de noces*』 출간.

1991년 『폐허의 꽃들*Fleurs de ruine*』 출간.

1992년 『서커스가 지나간다*Un cirque passe*』 출간.

1993년 『고약한 봄*Chien de printemps*』 출간.

1995년 『슬픈 빌라』를 개작하여 파트리스 르콩트가 연출한 영화 〈이본의 향기*Le parfum d'Yvonne*〉와 그가 시나리오를 쓰고 파스칼 오비에가 연출한 영화 〈가스코뉴의 아들*Le fils de Gascogne*〉이 상영됨.

1996년 『아득한 기억의 저편*Du plus loin de l'oubli*』 출간.

1997년 『도라 브루더*Dora Bruder*』 출간.

1999년 『신원 미상 여자*Des inconnues*』 출간.

2000년 전 작품에 대해 폴 모랑 문학 대상 수상.

2001년 『작은 보석*La petite bijou*』 출간. 『팔월의 일요일들』을 각색해 마뉘엘 푸아리에가 연출한 영화 〈테 키에로*Te quiero*〉가 상영됨.

2003년 『한밤의 사고*Accident nocturne*』 출간. 모디아노가 시나리오를 쓰고 장폴 라프노가 연출한 영화 〈여행 잘하세요*Bon voyage*〉가 상영됨.

2005년 『혈통*Un pedigree*』 출간.

2006년 『그토록 순수한 녀석들』을 각색해 미카엘 에르스가 연출한 영화 〈샤렐*Charell*〉이 상영됨.

2007년 『잃어버린 젊음의 카페에서*Dans le café de la jeunesse perdue*』 출간.

2010년 『지평*L'horizon*』 출간.

2012년 『밤의 풀*L'herbe des nuits*』 출간.

2014년 『네가 길을 잃으면 안 되니까*Pour que tu ne te perdes pas dans le quartier*』 출간. 노벨문학상 수상.

지은이 **파트릭 모디아노**

1945년 프랑스 불로뉴 비양쿠르에서 태어났다. 열여덟 살 때부터 소설을 쓰기 시작해 『외곽 순환도로』로 아카데미 프랑세즈 소설 대상을, 『어두운 상점들의 거리』로 공쿠르상을 수상하는 등 지난 40년간 프랑스 현대문학이 거둔 가장 탁월한 작가 중 하나로 평가받고 있다. 2014년 노벨문학상을 수상했다.

옮긴이 **김윤진**

서울대학교 사범대학 불어교육과를 졸업하고 동 대학원에서 문학박사 학위를 받았다. 서울대학교와 이화여자대학교, 한국외국어대학교 통번역대학원 등 여러 대학에 출강하였고 현재 한국문학번역원에 재직하고 있다. 저서로 『불문학 텍스트의 한국어 번역 연구』 등이 있으며, 옮긴 책으로 파트릭 모디아노의 『혈통』 『한밤의 사고』, 미셸 우엘벡의 『플랫폼』, 앙투안 드 생텍쥐페리의 『어린 왕자』 『인간의 대지』, 알퐁스 도데의 『별』, 귀스타브 플로베르의 『감정교육』, 르 클레지오의 『조서』 등이 있다.

문학동네 세계문학

잃어버린 젊음의 카페에서

1판 1쇄 2014년 12월 5일 | 1판 2쇄 2015년 1월 14일

지은이 파트릭 모디아노 | 옮긴이 김윤진 | 펴낸이 강병선
책임편집 김두리 | 편집 최정수 염현숙 | 독자모니터 이수경
디자인 고은이 최미영 | 저작권 한문숙 박혜연 김지영
마케팅 정민호 이미진 김은지 양서연 | 온라인마케팅 김희숙 김상만 한수진 이천희
제작 강신은 김동욱 임현식 | 제작처 한영문화사(인쇄) 경일제책사(제본)

펴낸곳 (주)문학동네
출판등록 1993년 10월 22일 제406-2003-000045호
주소 413-120 경기도 파주시 회동길 210
전자우편 editor@munhak.com | 대표전화 031) 955-8888 | 팩스 031) 955-8855
문의전화 031) 955-1927(마케팅) 031) 955-2691(편집)
문학동네카페 http://cafe.naver.com/mhdn | 트위터 @munhakdongne

ISBN 978-89-546-2653-8 03860

www.munhak.com

우리가 서로를 기억하지 않는다면
사는 것이 무슨 소용일까.

2014 노벨문학상 수상 작가
파트릭 모디아노의 대표 걸작

어두운 상점들의 거리 김화영 옮김

"나는 아무것도 아니다."

파트릭 모디아노의 대표작. 기억상실증에 걸린 한 퇴역 탐정이 자신의 과거를 추적하는 여정을 그린 소설이다. 소멸한 과거와 잃어버린 삶의 흔적, 악몽 속에서 잊어버린 대전(大戰)의 경험을 주제로, 프루스트가 말한 존재의 근원으로서의 '잃어버린 시간'을 특유의 신비하고 몽상적인 언어로 탐색해냈다.

지평 권수연 옮김

"모든 첫 만남은 상처다."

그녀는 죽었을까, 살아 있을까? 기억의 지평 너머로 사라진 옛사랑을 찾아 헤매는 소설가 장 보스망스의 이야기. 사십여 년의 시간을 거슬러 파리 곳곳의 자취를 더듬어가는 그 여정의 끝에서 보스망스는 과연 그녀와 해후할 수 있을까?

잃어버린 젊음의 카페에서 김윤진 옮김

"오직 도망치는 순간에만 온전히 나 자신이었다."

어느 날 '진정한 삶'을 찾아 나선 한 여인. 과거의 악몽들과 단절되어 살 수 있는 곳을 찾아 표류하다 '잃어버린 젊음'이라 불리는 카페 '르 콩데'에 좌초한다. 속절없이 소멸되는 관계를 거부하는 여자 '루키', 그녀를 기억하는 세 남자가 파리 구석구석 흩어진 그녀의 발자취를 더듬어간다. 세 남자의 목소리를 통해 드러나는, 각기 다른 공간 속 한 여인의 윤곽.